Always Have
Always Will

天堂旅行团

Always Have
Always Will

张嘉佳
著

CNS PUBLISHING & MEDIA 中南出版传媒
湖南文艺出版社 HUNAN LITERATURE AND ART PUBLISHING HOUSE
博集天卷 CS-BOOKY

Always Have
Always Will

她突然地来，突然地走。
我慢慢明白，人与人之间没有突然，
她想好了才会来，想清了才会走。

Always Have /
Always Will /

月亮永远都在，悬挂于时间长河之中。
我从前一天来，要找的人是你。
你往后一天去，不是我要找的人了。

Always Have
Always Will

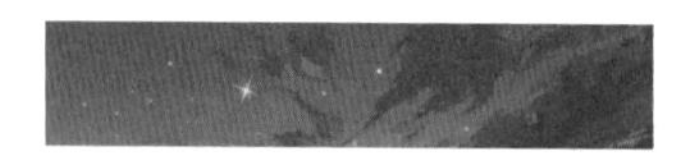

遇见你，
就像跋山涉水遇见一轮月亮，
以后天黑心伤，
就问那天借一点月光。

无论生命还是爱情，
都不是永恒的。
周而复始，
你来我往。
存在的意义，
不在于多久，
而在于如何存在。

Always Have /
Always Will /

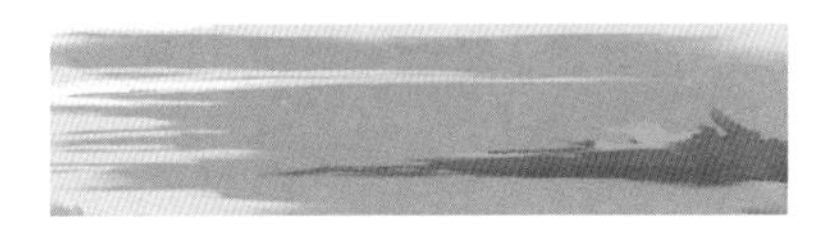

一个人内心有裂痕的时候，
都是静悄悄的，
这个世界没人能察觉。
只有当他砰的一声碎开，
大家才会听到。

Always Have /
Always Will /

目 录

Contents

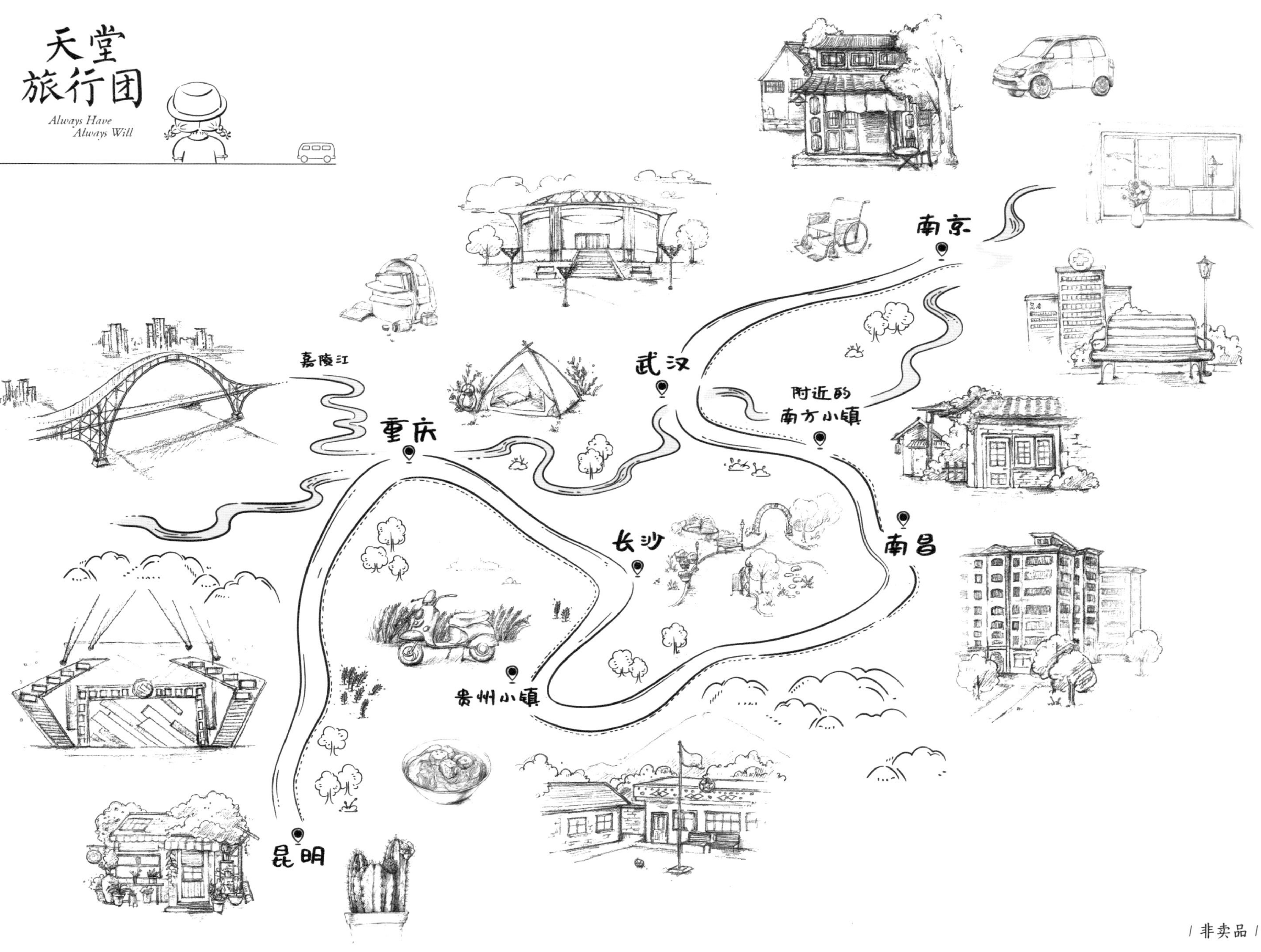
天堂旅行团
Always Have
Always Will
嘉陵江
重庆
武汉
南京
附近的
南方小镇
长沙
南昌
贵州小镇
昆明

| 非卖品 |

这世界不停开花，

我想放进你心里一朵。

Always Have

Always Will

序章　我

这算作我的遗书。

我吃了很多苦，苦得对一切失去了耐心。不应该责备我什么，我就是个普通的男孩，相貌普通，能力普通，从来没有被坚定地选择，也没有什么要固执地捍卫。对这个世界来说，消失就消失了吧，起始单薄，落幅[1]无声。

无数个普通的夜晚，我记得每一次是如何熬过去的。忙碌完最后一单生意，推着母亲的轮椅，把她送上床，自己蜷缩起来。我努力让自己睡去，但总能看到角落里蹲着一个小孩，低头哭泣，脸深埋在阴暗中，他小声说："我们走吧，好不好。"

---

[1] 指摄影、摄像机停机前的最后一个画面。

有个女孩跟我说过，世界是有尽头的。在南方洋流的末端，冰山漂浮，云和水一起冻结。

她是在婚礼上和我说的。婚礼在陈旧的小饭馆举行，仪式简单。我们坐在门槛上，巷子深幽，灯牌照亮她的面容。我看到新娘子眼角的泪水，而自己是沉默的新郎。

她说："如果我离开你了，你会找我吗？"

我说："会吧。"

她说："我想去世界的尽头，那里有一座灯塔，只要能走到灯塔下面，就会忘记经历过的苦难。你去那里找我吧，到了那里，你就忘记我了。"

我说："好的。"

她突然地来，突然地走。我慢慢明白，人与人之间没有突然，她想好了才会来，想清了才会走。

人或多或少都有一些自毁倾向，严重了会生病。童年时母亲买了副扑克牌，是我很喜欢的卡通图案，做作业的时候偷偷拿出来玩，被母亲发现，拿着剪刀威胁我，说再玩就剪掉。

我一边哭，一边拿起一张扑克牌，撕成两半，喊着："我不稀罕。"母亲二话不说，咔嚓咔嚓剪开好几张。母子俩毁了整副扑克牌，我抱着一堆碎纸片，哭得上气不接下气，可这一半是我亲手撕掉的。

第二天母亲陪我一起粘牌，用胶带拼接，然而这已经不是那副我喜欢的漂亮纸牌了。

我常常梦见一个撕牌的男孩，牌上有美丽图案，幸福生活，有灯火通明，笑靥如花。

我很普通，也许经历的苦难同样普通，但窒息只隔绝了一点空气，却是呼吸者的全部。

生命的终章，我踏上了一段旅途。开着破烂的面包车，穿越几十座城市，撕开雨天，潜入他乡，尽头是天堂。

浅蓝的天光，泛紫的云层，路灯嵌进夕阳。山间道路弥漫着一万吨水汽，密林卷来风声，我闯进无止境的夜里。

她说，天总会亮的。那么，我们一起记录下，凌晨前的人生。

月亮永远都在，悬挂于时间长河之中。

我从前一天来，要找的人是你。

你往后一天去，不是我要找的人了。

第一章　你舍得吗

1

老城南的桂花开了，燕子巷的饭馆倒了。叶子无休止地下坠，风结不出果子，我从这天开始一无所有。

小巷的石砖已经一个多世纪，巷子里数代人生老病死。

每年桂花都开，墙角探向月亮的那株淡黄，曾经是我奔波的坐标。幼时母亲摘下花来，和着蜂蜜和糯米，酿一壶甜酒。除夕打烊收摊，她喝一杯，我舔一口，这年就过去了。

回忆起来，舔的一小口，是我经历过为数不多的甜。

生活对我而言，从起点就破碎不堪。母亲离婚后，依靠一间小饭馆，抚养我长大。她每天四点起床，买货备菜，独自操持，二十多年从未停歇，直到无力维系，交到我手中。

今夜我关上玻璃门，先把煤气灶擦了一遍，收拾出角落的碎蛋壳和烂叶子，接着用小苏打兑热水，抹净桌上残存的油污水渍。

目光所及之处，如同往昔。

走出家门，回头望望，二楼窗后一盏幽暗的小灯，母亲会照常四点睡醒，早餐我放她床头了，再等等，将有人来把她接走。

深夜街上行人寥寥，少数店铺开着灯，还传出低低的笑声。有什么开心的，多收了三五斗，也撑不过七八天。

我走到墙边，启动面包车。前年买的车，平时运货拖菜送外卖，而今夜，我打算用它制造一出意外。

雨下个不停，小巷彻底寂静。我掐灭了香烟，开出燕了巷。水泊倒映楼宇，车轮一片片碾过去，霓虹碎裂，又被波纹缝合。

我想再走一遍这座逼迫我弯腰生活的城市。高架穿行，脑海里响起大学读过的一篇祷告：请赐予我平静，去接受我无法改变的。请赐予我勇气，去改变我能改变的。请赐予我智慧，分辨这两者的区别。

我既不平静，也没勇气，更加缺乏智慧。所以，不再祈祷。

回到燕子巷口，我狠狠一脚油门，面包车撞上电线杆。

思考这么久，整座城市别的不好撞，估计都赔不起，电线杆还行，上次一辆卡车侧翻，就是被它顶住的。

冲击是瞬间的事，而我经常想象这一刻，脑海模拟过各种受伤的情形，这次全部实现了。左脚钻心地疼，额头满是鲜血，手抖得拿不稳手机。

“喂，110 吗？我出车祸了，在燕子巷，人受伤了……救护车不用来，我自己能去医院……对，我自己去，就想问一下，我这个报警，你们那儿有记录吗？对对对，记录这次车祸的真实性……不能等你们来啊，血流满面，我得赶紧去医院……行，你们去城南医院做笔录……”

挂掉手机，用纸巾捂着额头，我尝试发动面包车。发动机喷了几口白烟，车身也不知道哪儿裂了，发出嘎吱嘎吱的声音，艰难启程。

到了医院，急诊室一阵折腾，脑门缠好绷带，小腿没有骨折，脚踝扭伤，在我的强烈要求下，上了夹板。

其间警察真的来了，主要怀疑我酒驾，却什么都没发现。警察反复盘问，我说我是肇事者，也是受害者，我不向自己索取赔偿，也不为自己承担责任，而你当场销案，咱们三方就这么算了吧。

去卫生间洗了把脸，绷带渗出血迹，对镜子左右看看，觉得足够憔悴，但还欠缺点震人心魄的悲凉。

在林艺赶来前，我找医生做点准备工作。

我跳着脚走进诊室。“医生，病历能不能写严重点，比如该病人心理状态非常扭曲，抑郁，黑暗，有自杀倾向，如果不多加爱护，可能会对社会造成不良影响。”

医生认真回答：“哥，我是骨科的。”

我说：“行吧，骨折也够用了。”

医生说：“你这当场能下地，骨什么折。”

我说：“帮帮忙，我住一天院，就一天。”

医生停下敲击键盘的手，狐疑地看过来。“你想干什么？”

我说：“老婆离家出走，我看她会不会来。”

医生沉默一会儿，叹口气：“病床这几天不紧张，给你三天吧，多点希望。”

扶墙穿过走廊，推开楼道间的门，侧身挤进去，门砰的一声关上。

首先给林艺发了条微信消息，告诉她我出事了，意外事故，车祸，我伤势严重，希望她能来简单探望。

这个点她还没起床，看到以后也不一定回复，所以我又把医院地址和病房号详细写给了她。

窗外泛起鱼肚白。

林艺是我的妻子，十三个月间只见过一次，短短五分钟。她每月发条微信消息，内容固定，那几个字次次相同。可这回，我有必须见面的理由。

2

医院走廊传出走动的声音，回床躺了躺头昏脑涨，肚子饿得不行，一瘸一拐去便利店买了两根烤肠。

靠着墙壁，嘴巴刚张开要吃，过道传来急促的脚步声，值班医生托抱着一个小女孩，和我擦肩而过。

擦肩而过的刹那，卡顿一下，我被拽住了。低头看，医生怀里的小女孩紧紧揪着我的领子，也不懂她哪来这么大力气，拽得我也跟着往前跳了两步。

小女孩齐刘海，黑亮的大眼睛满是渴望，正紧盯我手中的烤肠，说：“叔叔，能给我吃一口吗？”

我还没反应过来，旁边护士试图掰开她的手指。“小聚听话，你松开，我们病好了再吃。”

小女孩喊：“我就尝一口，不会有事的。”

医生眼中充满无奈。“你都发烧了，不能乱吃。”

小女孩不吭声，眼巴巴盯牢烤肠，一副决不罢休的模样。

我领子快被扯破了，看样子这小孩又生着病，只好呵斥她：“松手！”

小女孩讨好地笑笑。“叔叔，你把烤肠给我，我就松手。”

我打算递给她一根，护士推开我的手，说：“不能给，她还要去检查，乱吃不要命了。”

小女孩对着我，恳切地说：“你相信我，我的病，我比他们懂！”

我说：“这样吧，你先去检查，等没事了，叔叔请你吃大餐。”

小女孩说：“也不用什么大餐，烤肠就行。”她依依不舍地松开手，还在咕哝：“叔叔你给我记住，你欠我一根烤肠……”

等他们走了，我问路过的护士："刚刚那小孩什么情况？"

护士望我一眼，说："住院一年了，癌。"

回到病房，隔壁床是个老头，睁着眼睛躺那儿发呆，看到我头缠绷带、脚打夹板进来，打个招呼："小伙子，打架了？"

不想解释，我说："没有，自己揍的。"

胡乱聊了几句，冲进来四五号人，全是老头家属。

一个高高胖胖的妇女率先发言："你自己摸摸良心，既然把房留给儿子了，谁占便宜谁负责，现在总轮不到我们做女儿的管吧？"

另一个瘦小妇女猛点头。"得讲道理，大家全来了，那就讲清楚道理。"

老头模糊地嗯着，小声祈求："医院人多，别闹。"

然而没有人听他的，年纪最大的谢顶男子手划过头顶，赶苍蝇似的，嚷起来："只要是子女，就必须赡养父母！这是法律规定的！我是没有办法，得留在陕西，过不来，这个爸也能理解。"

老头双目无神。

小点的男子最委屈。"那就全落我头上了？医生说老头的毛病随时都有危险，怎么，我不要生活了，我二十四小时看着他？你们没有责任？”

胖妇女掷地有声地说：“房子给谁，责任就是谁的。”

各自陈述完观点，飞快进入攻辩阶段，一句句“赔钱货”“白眼狼”“戳脊梁骨”，到后来，竟还有人坐在床边放声哭喊。

这场景的喧嚣如同潮水，一波波地涌动，麻木中带着焦躁。人世间的无奈，面对到后来，既不是冷淡，也不是难过，而是失去了耐心，连坐起身的耐心都没有，只想躺着，躺着能换来空洞。

我从人群缝隙中看着老头，他自顾自闭上眼睛，不听也不说，任由子女们推搡，像砧板上醒好的面团，敲敲打打，揉揉捏捏，不知道会被包成什么馅儿的饺子。

我绕开老头的家属，走出病房，手机响了，是疗养院程经理。算算时间，这个点他们应该接到母亲了。

也许因为交足了钱，程经理的语气变得友善许多。

“您放心，老人家已经入住了，三人间带专业护理，您可以通过监控随时查看。”

我购买的是疗养院余生无忧套餐，六十万，承诺管到替老人送终，是针对不孝子女专门定制的。

病房内依然嘈杂，护士进来驱赶，结果状况更加激烈。我捂着话筒来到走廊，叮嘱程经理："如果我妈问起我，就说我忙着结婚，问一次说一次。"

"那老太太肯定很高兴。"程经理客气地附和。

晃一圈回病房，老头的子女已经走了。他啃个馒头，抬头看到我，拿着馒头的手不好意思地缩了缩。

"刚刚对不住，吵到你了。"

"是吵到了。"

老头没想到我这么不客气，愣了下，说："他们不会再来了。"

我说："没事，你们吵，我待不了多久。"

老头哆嗦着手，啃了口馒头。我忍不住问："他们不来，你的医药费谁承担？"

老头说："我存了点钱。"

我说："存钱还啃馒头？"

老头咧嘴笑。"不省钱，怎么存钱。"他岔开话题，问我："伤成这样，家里人不来看你？"

母亲来不了，妻子不在乎，我无法回答，闷声不响，想掀开被子，掀了两下手都滑脱了。

老头叹口气，用塑料袋包起剩下的馒头："人活着啊，真累。"

3

直到中午，林艺的微信对话框终于弹出了消息。

"到了。几号床？"

我的心脏激烈跳动，一下一下砸着胸腔。林艺坐那辆出租车离开燕子巷，十三个月了，她每月发一条微信消息给我。

"我们离婚吧。"

我希望收到她的消息，却又恐惧这冷冰冰的字句。

我想见她一面。我曾读过一句话，世间所有的痛苦，爱情只是最小的一件。可是写下这话的人不明白，这最小的痛苦，对于我海水没过头顶的人生，是最后一点月光。

我既不哀恸，也不失望，只是觉得失去耐心了。

努力解决不了什么问题，从妻子出走，母亲跳楼开始，我就失去耐心了。

见林艺这一面，对我来说，算彻底的结束。

一个人对另一个人感情的消失，是件令我无法理解的事情。明明割断双方关系，会使自己非常苦痛，却依然能伸手摘掉心中对方的影子，哪怕影子的血脉盛满心脏。

我无法理解的事情太多，由此诞生的困惑与愤怒，在我对生活还有好奇心的时候，像苔藓般长满身躯。命运给我的压迫，就是毫无余地的二选一，人生岔路口明确放着路牌，往一边去，便放弃另一边。

人类大多数的热爱和向往，都在另一边。

当林艺是我的恋人时，她放弃过我。我默默接受，完全没有想到她会回来。她不解释，因为我从未提问。可能在她的世界，不同阶段，命运陆续铺开路口，她也只能迈向自己可以承受的选择。

当林艺是我的妻子时，她再次离开了我。

她突然出现，突然消失。她提出的结婚，她提出的离婚。她都是迈向自己可以承受的选择。

那么，我呢？

林艺来到面前，站在病房门口。

她剪短了头发，职业装，高跟鞋，有个纤细的耳环在发尾亮着。我想尽方法引出的相见，也只想再见一见。

“宋一鲤，你放过我吧。”

她第一句话说的是什么，我不在乎，呆呆望着她。和回忆中一样，她高挑清秀，眉眼干净。也和回忆中一样，像时光凝固的相片，只能记录，无法收留。

她重复一遍，我才听清这句话。

“宋一鲤，你放过我吧。你这辈子，没有干成一件事，这次就放过我吧。”

林艺说的这句话，一年来在消息记录中出现多次。

我的确没有干成一件事，也没有试图寻找答案。迄今为止在我身上发生的一切，常常让我想起阴雨天巷子里垂死的蝼蛄，爬过对它来说漫长的泥砖，跌落墙角，从始至终和行人无关。

在宁静的病房，我甚至能听见外面细碎的雨声。思绪飘到燕子巷，仿佛望见那只蝼蛄，紧紧贴着破败的墙体，秋风一起，死在腐烂的叶子堆里。

我并非一定要拖着她，她也不会明白，她的路口，却是我的尽头。

世界上的一万种苦难，不为谁单独降临，也不为谁网开一面。可我想，窒息之前，总要有一口属于我的空气。

蝼蛄死前，应该也是这么想的。

我肌肉僵硬，尝试微笑。“来看我啊？”

林艺的目光回避了注视。

我指指腿上的夹板。“断了，撞车搞的。”

林艺从包里拿出一个纸袋，低头走几步，放到床头柜。“行李箱找到的，收拾东西收错了。本来就要还给你，没机会，这次正好。”

我指着夹板的手僵在那儿，浑身不受控制地颤抖。纸袋口开着，里头是一个小巧的蓝色丝绒盒子，不用继续打开，里面是我给她买的结婚戒指。

病房明亮的白炽灯，一针一针扎着我的眼睛。

我忍住眼泪，说：“你可以扔了。”

林艺侧着身，我只能看到她发尾亮晶晶的耳环。

她说：“你卖了吧，卖点钱也好，别浪费，有一点是一点。”

她不停顿地继续说：“我先走了。”

我问：“你只是来还东西？”

林艺终于转身，正对着病床上的我，眼神说着："不然呢？"

对啊，她是来丢垃圾的，不然呢？

林艺那一眼并没有停留很久，在我还没想好怎么应对时，她已经转身，真的打算离开。我心里充斥紧张和恐惧，怕她听不清楚，大声说："林艺，咱们好歹在一起那么久，但凡你有一丝怜悯之心，至少问候一下吧？"

这番发言听起来理直气壮，其实低声下气。

林艺没有被触动，语气平淡地问："宋一鲤，你一点都没变。吊儿郎当很好笑？你明明是个胆小的人，为什么非要一天天假装满不在乎的样子？这样会让你觉得舒服？"

她说："我懂你的自卑，也可以同情你，但我不愿意了。"

深吸一口气，我早就学会制止自己崩溃的办法，一切就当开个玩笑。把内心深处的想法，用开玩笑的方式讲出来，说错或者得不到反馈，就不至于这么刺痛。

我咧着嘴，笑着说："林艺，问你最后一个问题，如果以后你再也看不到我，这个世上再没有宋一鲤这个人，你舍得吗？"

林艺头也没回，走出病房，两个字轻飘飘传到我耳中。

"舍得。"

4

年少时曾说，遇见你，就像跋山涉水遇见一轮月亮，以后天黑心伤，就问那天借一点月光。

月亮永远都在，悬挂于时间长河之中。我从前一天来，要找的人是你。你往后一天去，不是我要找的人了。

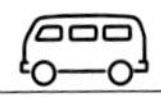

谢谢你没有找我，

所以我找到你了。

第二章 悲伤有迹可循

1

母亲说，我童年喜欢笑。一逗就笑，牛奶溅到脸上会笑，筷子掉到地上会笑，被大人举起来采桂花会笑。父亲把自行车停靠在路边，将两岁的我放在后座的儿童椅上，自己去超市买东西，我就对着川流不息的行人笑，笑个不停。

这些都是母亲说的，我不记得。父亲离开家的时候，我三岁。小学时查过词典，问过老师，“离婚”是什么含义，老师避而不答。

五年级的午睡时间，我睡不着，眯缝着眼看到前排的胖子偷偷跑到教台，藏起黑板擦。数学老师上课找不着，厉声问，是谁搞丢了。

我嘿嘿傻笑，数学老师揪住我的耳朵说：“是不是你？你笑什么，你笑就是你藏的。”

我倔强地站在那儿，因为耳朵被高高揪起，脑袋只能斜着。可是同学们都在看，我忍住疼痛，若无其事地说："不是我，我知道是谁。"

数学老师没有撒手，说："谁？"

耳朵裂开般地疼，我感觉她再用力一些，我就无法保持笑容，大概还会哭出来。我说："我不能打小报告。"

数学老师愤怒地说："你给我站着，这堂课你给我站着上。大家看，就是这种人，谁也不准跟他玩，对这种人只有一种办法，大便也要离他三尺远。"

同学们哄堂大笑，我看见胖子笑得特别开心。

放学路上，我刚走出校门，被人一推，摔进花坛，枝叶划破了脸。胖子从我原本站立的地方跳开，挤进一群同学中，他们一块指着我大喊："大便也要离他三尺远！"

不能表现得狼狈，可是我吐出的口水都带着血沫，在他们更加大声的哄笑中，我甚至闻到了臭味，因为袖管上蹭着了一坨狗屎。

我想冲他们笑一笑，失败了。小孩子奋力掩盖自己的狼狈，失败了。我一路哭着回家，右胳膊平举，袖管沾着狗屎。

那天的哭声，一直残留到大学的梦境。

他们以为我喜欢笑，其实我只是掩盖自己的狼狈。我明白了一件事，我从来不敢面对那些漆黑的目光。

努力地笑，想表现得不在乎，不是勇敢和无畏，而是胆怯和卑微。

因为我在乎。

林艺不明白。当然，关于她，我不明白的更多。

2

毕业之后，我和林艺很快结婚。

在大学谈了三年，过程断断续续。我们就读的二本，她从外地学院专升本过来，在食堂认识。

当时我刷饭卡，余额不足，身后排着的就是林艺。我回头望她一眼，其实只是心慌，想找找熟人，但她贴太近，四目相对。

这是我见她的第一面，长长的睫毛，额头一抹雪白，天蓝色的围巾遮住下巴，白色羽绒服的领口有一点点墨水渍。

她是白色的，白得发光，两个酒窝像两片雪花，如果伸手弹一弹，黄昏就亮到天明。

她愣了下神，往后退一步，立刻招来排队同学的抱怨。我饿得厉害，正打算硬着头皮，跟大妈赊账，林艺轻声说："我替你刷。"

林艺让大妈添了一勺土豆烧肉，一碗青菜笋尖。

我说："不用这么多。"

林艺微笑："这份我的。"

我们面对面坐着，林艺脸红了，说："对不起，我也没什么钱，所以一块吃吧。"

没有比这更局促的午饭，两人用一个餐盘，每一口都小心翼翼，生怕占用了对方的配额。不知道为什么，我总记得那些附在她身上的细节。领口的墨水渍，嘴角沾到的米粒，小手指的戒指印痕，低头时睫毛会轻轻地动，阳光伏在她身上时，仿佛琴弦闪耀的细芒。

从那天起，我陪她晚自习。

冬天，南京迎来一场大雪，阶梯教室灯火通明，雪花和风一起顺着窗户玻璃滑行。她坐我旁边，停下手中的笔，翻了翻手机，对我说："能帮我买一盒牛奶吗？"

我走到超市，买完牛奶想热一下，结果微波炉坏了。

站在走廊，扶栏外有一棵不知名的树。路灯斜斜打亮了一半，暗黄的枝干，洁白的雪花，深邃的夜色，像虚无中盛开的一场葬礼。

我把牛奶焐在怀里，焐了一刻钟，牛奶应该温热了。

走回阶梯教室，原本的座位已经没人。微信不回，电话打不通，我继续焐着牛奶，等到铃声响起，同学们收拾东西陆续离开，也没有任何消息。

教室的灯依然亮着，我打到她的宿舍，室友兔子接的电话。

兔子说："你别找她了，找不到的。"

我说："怎么可能找不到，我会一直找。"

兔子说："她刚收拾东西，搬到校外去住了。"

我说："那我也去找她。"

兔子说："她不是自己一个人。"

我说："为什么？"

兔子说："唉，算了，告诉你吧。她以前读的学校有男朋友，现在她男朋友也专升本，考到咱们学校来了。"

我说："为什么？"

兔子沉默一会儿，说："昨天她站在阳台，站了很久。我给她拿外套过去，才发现她一直哭。所以你也别逼她，你不是她的未来。"

我不是她的未来，那个两个人一起用的餐盘，小心翼翼的午饭，只是冬天偶然的馈赠。

站在大雪纷飞的校园，我喝掉了那盒牛奶，像喝掉了自己的体温。

半年后，我的生日。因为从小没有过生日的习惯，便不通知朋友，入夜独自找了家面馆坐下来。

老板端给我热气腾腾的面条，我刚拿起筷子，旁边传来女孩的招呼声：“老板，这里加个鸡蛋。”

我几乎怀疑是幻听，慢慢扭过头。林艺说：“对不起，我也没钱，只能给你加个鸡蛋。”

我慌忙低头，眼泪不受控制地坠落。林艺说：“谢谢你没有找我，所以我找到你了。”

我脑海一片空白，正如这半年生活也是一片空白，双手颤抖，想问，你回来了吗，你还要走吗？

这些问题，一个都没问出口。

其实她消失的那段时间，我每天从早到晚都在想，她和他在一起的时候，会为他夹菜吗？两人会有说不完的话吗？她对我说过的，也会跟他说吗？

林艺坐到我身边，轻声说：“生日快乐啊，宋一鲤。”

毕业前，宿舍空空荡荡，人去楼空，原本堆满杂物的房间只留下静默的阳光。我找过几次工作，母亲说不如回家做饭馆生意，至少收入有保障。

这些不是我想要的生活，甚至是我心中试图摆脱的底色。没有去过四海，穿过四季，谁也不想困在出生就挣扎的原地。

一家廉价宾馆，林艺抱着腿坐在窗台上，破损的窗帘随风摆动，郊区的夜毫无起伏，远处几点灯仿佛凝固在无限的黑洞里。

她的背影单薄又脆弱，玻璃倒影中我看不清面容。她说："真难啊，再试试。"

我说："一定行的，大家都一样。"

她说："如果我没有能力在南京待下去，你会不会养我？"

我说："会。"

她说："从小我就发誓，长大绝对不过穷日子。你知道我家里条件多差吗？你知道我除了上大学就没有办法走出来吗？你知道对我来说，专升本有多难吗？"

我突然想起来，林艺每日雷打不动的晚自习，写满备注的笔记，以及我们唯一一次逛街，她买的唯一一件碎花长裙。

她说："我千辛万苦走到这里，最后就去了你家饭馆，你做厨师，我当服务员吗？"

我说："不会的。"

她回过头，脸上全是眼泪。

她说："宋一鲤，那我们结婚吧。"

结婚一年，林艺离开那天，行李堆在饭馆门口，出租车开到路边，她不要我帮忙，把箱子放进后备厢。

后半夜的燕子巷悄无声息，饭馆灯牌没关。林艺靠近车门，冲我笑了笑，说："你备菜吧，别耽误明天生意。"

柜台边的木架上吊着一根棉线，十几个夹子夹着我们的合影，从我的视角望去，林艺打开车门的一瞬间，变成了最后一张照片，和结婚照相邻。

3

林艺离开燕子巷以后，我的生活越来越无望和松散。日常必须要完成的事，只剩母亲的衣食起居。我能想到的办法，就是联系中介卖了饭馆，拿到的钱至少可以安顿母亲。

而林艺每月发来的消息，无一例外都是相同的话，催促我办离婚手续。

那些消息我没有删除，也没有答复。这是我和世界最后的纽带，答应她，如同踢翻了上吊者脚下的凳子，无法反悔，永远安眠。

车祸是为了让她来看我一眼，仅此一眼。

林艺走出病房，我一点一点萎缩。

没多久她发来消息："三天后我再来，我们去趟民政局，把婚离了。这是最后一次求你，你继续不同意也无所谓，诉讼解决吧。"

我在病床上躺了很久，想不出如何回复。

林艺又发来消息："我房子装修好了，有自己的生活。"

4

我在医院待了三天。白天蜷缩在被窝，仔细翻手机，检查备忘录里哪些事还没有完成，聊天记录和相册哪些需要删除。

晚上买点啤酒，上楼顶，一个人喝到可以睡着。夜风吹拂，城南的灯覆盖街头巷尾，人们深藏进各自的领地。

如果我死了，应该没有追悼会。遥远的小镇，我经历过父亲的葬礼。按照农村的习俗，从守灵抬棺到诵经，雨水中摆了三天的白席。许多未曾谋面的亲戚和乡亲，人头拥挤在临时搭建的布棚，我那时候七岁，不理解他们脸上的表情。母亲住在小镇车站的旅馆，没有参加葬礼，早上带我到雨棚门口，晚上再接我回旅馆。

长大后我问母亲："你恨不恨他？"

母亲说："恨。"

我也恨，但对父亲的记忆太模糊，脑海里甚至勾勒不出他的面容。这种对陌生人的恨，痛彻心扉，直到母亲脑梗抢救，出院后口齿不清，我清晰地感觉到身体里汹涌的恨意，胸腔日夜战栗，仿佛无处泄洪的堤坝。

我兜里搁着一瓶安眠药。三天后林艺再来，听到我的死讯，她会难过吧。最好有一点内疚。让她抱着一点内疚度过余生，也算我开的最后一个玩笑。

在医院死去，太平间都是现成的，没有身后事，省得给无辜的人添麻烦。

疗养院的母亲偶尔意识清醒一下，会想起我。她的口袋里有一张我和林艺的结婚照，背后写了一行字，告诉她儿子去结婚了。

我还买了烤肠，委托护士带给那个贪吃的小女孩，这应该是我欠这个世界的最后一件事。

第三天深夜，我走到马路对面的便利店，拎着面包和啤酒走回医院。南京的小雨一直没停，住院部灯火通明，我挑了张草坪角落的长椅，擦都没擦，坐着发呆。

路灯照亮细微的雨丝，我的影子融进大树，一切沉寂，仿佛宇宙初生，生长和消亡不为人知。

面包、啤酒和安眠药依次摆开，这是我今夜的安排。不记得喝到第几罐啤酒，发亮的雨丝在眼帘旋转，如同无数闪烁的耳环，天地之中舞动不休。

下辈子快乐的事可能多一些。

我试图笑一笑，眼泪却哗啦啦掉。

5

当我第一次对活着失去耐心时，就想到母亲。想到她曾在人间年轻健康，过普通人的生活，而日出日落之间劳作都是为了我。

她操劳一生的饭馆，我卖了，连同那栋祖辈留给她的小楼，六十万，全部缴纳疗养院的费用。父亲走了之后，我和母亲的生活开销，全部依靠小饭馆的经营。我分辨不出自己对饭馆的感情，母亲用它养大了我，而我厌恶自己只能困在那里。

长椅冰凉，雨水浸透的衣裤渐渐沉重，平躺的我意识即将退散，想起一个人。

大学时代，从没想过接手饭馆。同宿舍的吴栖，因为脸太方，人称方块七，一直坚信我未来可期。

他踩三轮车到批发市场，搞了一堆小商品在食堂门口摆地摊，风雨无阻，每日叫卖四小时。他把挣来的钱分成两份，一份寄回家，一份放在抽屉里，告诉我抽屉里的钱随便拿。

我没有拿过，直到谈恋爱，第一次约会，硬着头皮问方块七借钱。方块七打开抽屉，把所有的钱都塞进我口袋，说：“别去肯德基，找家西餐厅行不行，我也不知道要花多少，你先全拿着。”

方块七说：“别想着还了，将来你们要是结婚，就当我的份子钱。”

方块七是大三退学的。批发市场里发生群殴，他护着自己的货，挨了十几棍，严重脑震荡，都查不出来谁下的手。

毕业后我攒了点钱，坐长途车去泰州，方块七的老家。两年没见，我做梦也想不到，方块七基本没有自理能力了，躺在床上，吃喝拉撒都要年迈的父母照顾。当时我坐在床边，方块七瞪着眼睛，眼珠调整方向，咧着嘴口水淌个不停，喉咙卡出一声声的嗬嗬嗬。

他父亲手忙脚乱给垫上枕头，对我说："他看到你了，他认识你，他认识你的。"

方块七靠着枕头，身体松软，胳膊摆在两侧，只有手指像敲键盘一样抖动，脑袋转不过去，就眼珠斜望我，眼泪一颗一颗滚下来。

他父亲说："他想跟你讲话，讲不出来，急。"

我抓着方块七的手，说："那你听我讲，我讲，你听。"

絮絮叨叨半个多小时，方块七的父亲都打起了瞌睡。

我替方块七掖好被子，站起来说："我走了。"

沉默一会儿，说："我过得不好，做做家里的那个小饭馆，这辈子，也就这样了吧。"

平静许久的方块七突然脖子暴起了青筋，嘴巴张大，头往前一下一下地倾，用尽全身力气，向前倾一下，便发出一声嘶哑的喊叫。

我被吓到了，跌跌撞撞冲出房门，蹲在院子里失声痛哭。

我知道，方块七不接受自己的生活，也不接受我的生活。

我们两人曾经是上下铺，深更半夜聊天。方块七说：“你将来肯定能干成大事。”我问：“什么大事？”方块七说：“你看我摆地摊这么拼，也算人才，将来你干大事，一定要记得带上我。”

我说：“没觉得自己有什么厉害的地方。”

方块七用脚顶了顶床板，说：“宋一鲤，你相信我，只要活着，你什么事都能干成。”

回程车上，我昏昏欲睡，耳边回响着方块七痛苦的嘶喊。像一个哑巴被擀面杖压住胸腔，把人当饺子皮一样擀，才能挤出那么凄惨撕裂的声音。

恍恍惚惚，方块七的哭声，母亲的哭声，混合着自己的哭声，在小雨中此起彼伏。我摸到长椅上的药瓶，整瓶倒进了嘴里。

世界是有尽头的，在南方洋流的末端，

冰山漂浮，云和水一起冻结。

第三章 秋天的旅途

1

我和林艺结婚半年，母亲忽然脑梗。半夜，幸亏我听见她房间电视一直响着，想去替她关掉，进门发现母亲躺在地上，嘴角流下白沫，无意识地挣扎。

抢救过来后，母亲记忆变差，同样的问题会反复问，痴呆的症状越来越严重。我没有钱请护工，只好辞了工作，回家打理饭馆，这样可以照看母亲。

厨房永远响的漏水声，油腻的地板，擦不干净的灶台，我机械地去熟悉这些。有天喝醉的客人闹事，不愿意结账，还掀翻了桌子。客人把我按在地上，非说讹了他钱，我的衣服沾满他的呕吐物。

母亲像孩子一样大哭，我奋力翻身，冲到柜台，母亲小便失禁，尿在了椅子上。我一边抱住她，一边微笑着对客人说："你们走吧，这顿我请。"

深夜我收拾凌乱的饭馆，林艺站在门口。我不敢望向她，不敢面对妻子眼中的绝望。挂钟的秒针一格一格发出细微的声响，我突然意识到，这是不是林艺离开我的倒计时。

又过半年，林艺提出离婚。她没有等我回答，直接离开了燕子巷。

我原本就在深渊，没有更低的地方下坠。我明明知道早就应该同意她的要求，可拥有她的岁月，就像穹顶垂落的星光，是仅剩的让我抬头的理由。

林艺无法忍受的生活，注定是我的余生。

人活着为了什么？做不擅长的事，接受不乐意的批评，对不喜欢的人露出笑脸，挣他们一点钱，让自己多活下去一天。

我依旧要和人们打交道，在他们眼中，我过得很正常，就是一个令人生厌的饭馆老板。

某个夜晚，我洗好碗，放进抽屉，推进去的时候卡住了。我拉开重新推，还是推不进去。再次拉开，用力推，反复推，疯子一样拉，推，拉，推，歇斯底里，直到用尽全力地踹一脚，抽屉内发出碗碟破碎的声音。

我知道自己也碎了。

我去看医生，医生说我抑郁严重，配了些草酸艾司西酞普兰和劳拉西泮。我吃吃停停，情绪越来越糟糕。压抑是有实质的，从躯壳到内脏，密不透风地包裹，药物仅仅像缝隙里挤进去的一滴水，浇不灭深幽的火焰。

时间治愈不了一切，它只把泥泞日复一日地堆积。母亲坐在轮椅上，抱着铁盒，身子侧靠柜台，眼睛没有焦点，偶尔仿佛睡梦中惊醒，喊我的名字。

我走过去，母亲问："儿子呢？"

我说："在这里在这里。"

母亲问："儿子什么时候结婚？"

我说："结过了结过了。"

母亲说："我要等到儿子结婚，我要等到儿子长大……"

她低低地咕哝，紧紧抱住铁盒，那里面是一份她的人寿保险。

2

当雨丝打在脸上，我以为人死了以后依然有触觉。仰面平躺在长椅上，视野里夜空和树枝互相编织，头疼欲裂。翻身坐起，脚下踢翻几个丁零当啷的啤酒罐。

我迷迷糊糊记得吞了整瓶安眠药，大部分的记忆有点碎裂，断片了。掏出手机一看，五点没到，估计昏睡了几小时，从头到脚都是宿醉的反应。

干呕几声，踉踉跄跄走了几步，头晕目眩，扶着树晃晃脑袋，才清楚认识到一个问题——我没死成。

我强撑着弯腰，捡起啤酒罐，丢进垃圾桶，摇摇晃晃走回住院部，摸到自己病床，倒头就睡。今天一定要死掉的，妥妥死掉，但先让我再睡一会儿，宿醉的脑子太混沌，想不出一种新的死法。

这一觉睡得非常漫长，梦里有个熟悉的声音一直哼着一首歌。

I don’t live in a dream.[1]

I don’t live in a dream.

I don’t live in a dream.

洁白的面庞，长长的睫毛，天蓝色的围巾遮住下巴，林艺小心翼翼夹起一片笋尖，不好意思地对着我笑：“对不起，

---

[1] 我不想活在梦里。

我也没什么钱，所以一块吃吧。”

再次醒来，直直对上护士充满嫌弃的脸。

除了头疼，我什么都记不起来，傻傻望着气冲冲的护士。她递过一瓶水，冷冷地说：“住院三天，喝了三天，你跑医院蹦迪来了？”

我按着突突跳动的太阳穴，艰难回答：“腿断了，蹦不起来。”

护士抱起被子，下了逐客令：“三天到了，你可以走了。”

我左右张望，随口问了句：“隔壁床的大爷呢？”

护士似笑非笑地说：“早上出的院，你亲自送的他，忘了？”

我拼命回忆，脑海全无印象。“真的？”

护士一脸幸灾乐祸。“当然是真的，人家儿女终于商量好接老父亲回家，结果你哭得天崩地裂，跪在车前不让他们走。”

我呆呆地又问一遍：“真的？”

护士点头：“你还威胁他们，说举头三尺有神明，他们要是对丁大爷不好，就会被天打五雷轰。”

我不想听了：“这话说得也没错……”

护士接着说：“然后你就一巴掌劈向路灯，还好没骨折，不然你又要赖三天。”

怪不得左手隐隐作痛，我看看红肿的小指，坐在病床上有点恍惚。

护士知道我断片了，犹豫了下，说：“丁大爷让我转告，说谢谢你，让你好好活下去。”她叹口气，说：“心里难受的话，多出去走走。”

3

我没死成，那么何处可去。

无处可去。

房子卖了，病床到期，林艺还在等我去民政局办理离婚。

淋雨穿过草地，浑身湿透，在停车场找到了自己的小面包车，一头钻进。我脱掉湿漉漉的外套，从副驾扯过来被子盖上。被子是平常母亲坐车用的，因为送外卖不放心把她单独留在饭馆。

车窗一大半破裂，雨丝凌乱飘入。手机响了，显示林艺的名字。我丢开手机，拧转车钥匙，破损不堪的面包车喘着粗气，惨烈地震动几下，启动了。

绕开有交警的马路，快要垮塌的面包车沿途引来惊奇的目光，我漠然前行。

路上我想，怎么会选择在医院结束生命？

昨晚原本打算吃完整瓶安眠药，静静地死在医院。圣洁的白衣天使见惯生死，想必能妥善处理我的遗体。

现在回顾，这计划遍布漏洞。首先，我被抢救回来的概率太大，结果不用抢救，自己居然可以苏醒。

其次，医院不欠我的。不能因为别人可以这么做，你就得寸进尺，他们不欠你的，可以这么做不代表应该这么做。

一路胡思乱想，开到了湖边。

我平静地坐在车里，车头对着雨中的湖面。面包车是林艺出主意买的，二手。接手饭馆之后，生意冷清，林艺和我买了这辆面包车，拆除后座，装了吧台和柜子。

我们做好盒饭，开车到学校或者居民区，像个小小的流动餐厅。

母亲没有自理能力，就坐在副驾，系好安全带。林艺坐在后排，轻轻哼着歌。

我永远记得有一天，母亲睡着了，我开着车，林艺把头伸过来，说："你看，好美。"进香河的尽头是鸡鸣寺，郁郁葱葱的山林上方，扬起辉煌的火烧云。

林艺说："等妈妈病好了，我们一起开车自驾游，开到世界的尽头。"

母亲的病不会好的。那天只卖出去三四份盒饭，一位大姐刚走近面包车，就尖叫起来："什么味道？你这什么味道？一股子尿臊味！"

接着母亲用手拍打自己的胸口，哭得像个受辱的小孩，她尿在了车上。

开车回家的路上，街道乱糟糟，各家店铺放着音乐，公交车轮胎碾过柏油路，小孩打闹，玻璃瓶砸碎，电瓶车相撞……但我清楚地听见自己的呼吸声。后视镜里，我看到林艺黯淡无光的眼神。

我握着方向盘的手是颤抖的，浑身冰凉，内心匍匐巨大的恐惧，仿佛一尾锋利的鱼在身体里游动。

4

差不多该走了吧。望着后视镜，我用力想对自己挤出一个笑容，试了几次，嘴角不停抽动，笑得难看又悲凉。

深吸一口气，再笑一次。

没成功。

算了。

面前是不知来处的雨水和不知归处的湖水。我闭上眼睛，踩向油门。就这样吧，悄无声息，连人带车，一起消失在水中。

“叔叔，你要去哪里啊？”

晚风寂静，后排传来脆脆的童声，吓得我一脚踩歪，愣是踏在了刹车上，面包车差点散架，直接熄火。本以为发生幻听，我惊愕地回头，一个齐刘海小女孩从后座冒了出来，大得出奇的眼睛，傻了巴叽地瞪着我。

活生生的小女孩，还背个粉红小书包。大眼瞪小眼半晌，我是吓得脑子停转，她是双目充满困惑，我终于由怕转怒。“你谁啊？为什么在我车上？”

小女孩皱皱鼻子。“我叫小聚，你欠我东西，忘啦？”

我从记忆里检索了一下，猛地想起是那个要吃烤肠的小孩。“你你你……我已经让护士买烤肠送给你了，干什么呢，小小年纪又要来讹诈？”

小聚笑眯眯地说：“叔叔你别激动，我呢，是看咱俩有缘……”

“有什么缘，”我不客气地打断她的套近乎，“你一个住院的跑我车里干什么？走走走，我送你回去。”

这小孩可是分分钟要抢救的，虽然如今我不怕任何连累，但心里总会慌。

小聚连忙爬起，从后扯住我。“叔叔，回医院也没用，我是脑癌晚期，治不好的。你看在我快死的分上，能帮我一个忙吗？”

她的语气小心谨慎，鼻尖微红，黑亮亮的眼睛蒙着层水雾，盛满了哀求。

我知道，她说的是实话，面对生命有限的小女孩，我果断回答：“不能。”大家都是快死的人，何必互相妨碍。

小聚一愣，低声说：“可我回医院的话，就出不来了。叔叔，我偷偷爬上你的车不容易，今年也才七岁，还没见过外面的世界……”

我扭回头，试图再次打着面包车的火。“那就在回去的路上抓紧机会，多看两眼。”

确定得不到我的同情，她当即一收眼泪，弹回座位，两只小手交叠抱在胸口，斜视着我。“但凡你有一点点怜悯之心，至少问问帮我什么忙吧？”

我头皮顿时发麻，听着怎么这么耳熟？这不和自己在病房对林艺说的话差不多吗？破小孩啥时候偷听的？

面包车启动了，我掉了个头，不想理会。

小聚更来劲了，噼里啪啦积极发言：“我看你跟那个高跟鞋大姐姐一样，都只想着自己的事，根本不关心别人。”

这小孩会的东西还挺多，上来就道德绑架。

我不想听她继续说林艺，随口敷衍道：“那你说，要我帮什么忙？”

她见风使舵，以为有转机，讨好地掏出张门票。“叔叔，我搞到一张偶像的演唱会门票，就是今天，在武汉，你能不能送我过去？”

我嗯嗯啊啊，悄悄开往医院，继续稳住她：“武汉太远，你可以坐火车啊。”

小聚没发现异常，解释道：“我没有身份证，不好买票。”

我说：“那你爸妈呢，让你爸妈带你去。”

我从后视镜里看到，她小脸一黯。“我生病后，爸爸就走了，妈妈每天要卖菜赚钱，没时间陪我。”

我稍微观察下，这孩子油头滑脑，提及父母倒是真的难过。不过小孩就是小孩，家庭都困难成这样了，还想着追星。

我掐灭心中的同情，看前方拥堵，切换导航。“你妈知道你跑出来吗？”

小聚转转眼珠，还没组织好谎言，就听到导航大声提示：“距离城南医院还有十二公里，雨天路滑，请谨慎驾驶。”

车内气氛尴尬，我怕她一激动，又要人身攻击，放缓车速思考对策。

小聚叹了口气。“我本来想着，你人挺好的，应该会帮我这个忙。”她停顿一下，“那个大姐姐，是你老婆吧，她说的没错，你这辈子果然干什么都不行，连帮个小孩的忙都不行。”

我气得差点翻车。“小孩子好好说话，别什么都偷听。”

她说：“叔叔你想，要是帮了我，不就证明你老婆是错的吗？”

我说：“闭嘴。”

车内长长的沉默，车一直开到医院正门边的岔路，红灯亮了。

雨点敲击着车窗，我没开口，小女孩的脑袋靠在车窗上，望着外面的雨和人，说："叔叔，如果你要死了，会有什么地方一定要去吗？"

我想起来，世界是有尽头的，在南方洋流的末端，冰山漂浮，云和水一起冻结。

我说："我去不了，也不用去了。"

七岁的小女孩长长地叹气，小脸紧贴冰凉的玻璃，目光露出绝望，像水鸟折颈时的双眼。

她说："叔叔，我不该缠着你。我一直想，长大了保护妈妈，好好念书，挣到钱给妈妈开一个超市，她就不会这么辛苦。我偷听过医生讲话，他说我撑到现在都挺意外的。叔叔，我没有机会长大了。"

我忽然眼泪冲出眼眶。她的愿望，我也有过。我长大了，但是实现不了。

小女孩低声说："叔叔对不起，我想着没有机会长大，哪怕能看一场演唱会也行啊，但是不可能的，本来就没有机会。"

她仿佛释然地坐直，说："叔叔，那我就在这儿下吧。"

红灯闪烁，转成绿灯。

她推开车门。“叔叔，再见。”

5

“告诉你妈妈和医生，你会乖乖吃药，有情况立刻回医院。”

“好的叔叔。”

“你妈妈要是报警了，我立刻把你送回去。”

“好的叔叔。”

破烂的面包车驶入秋天，雨丝漫无边际。

孤独来自生命中那些重要的人，

他们的影子扎根在旧时光，

笑容不知道去了何方。

第四章

Sometimes ever
Sometimes never

1

人活着为了什么，人死了会去哪里，我探究过这两个问题的答案。

活着为了各种结果，我试图放弃对结果的渴望。春风吹过燕子巷，我渴望一切变好，父亲出现在巷口，母亲手脚灵活，轻快地弯腰摘葱，小孩子睡醒了，万里晴空。

小时候做作业到深夜，渴望期末考能进前三名。帮助值日生擦黑板，渴望同学们放学就接纳我。

长大了在自习教室坐到熄灯，渴望熟悉的身影走进路灯的光影下。拨一个无人接听的电话，渴望手机弹出温柔的回复。

替母亲擦拭身体，渴望她吐出清晰的字句。凌晨四点起床，渴望这一片屋檐永不塌陷。

这些渴望，日夜生长，逐渐荒芜，当草原失去生机，就从裂缝中升腾起黑暗，伸手不见五指，脚印和积雪全部消融，乌云紧贴地面。

母亲说，人死了以后，提前离开的亲人都会在另外一个世界等你。

我偶尔想，这会不会就是另外一个世界。

在红灯闪烁的瞬间，我看见小聚眼中的渴望在熄灭，我心想，送她一程也行。早死晚死，我不会改变，世界不会扭转，她说的也有道理，我这辈子干什么都不成，最后时刻帮一个小女孩，当为下辈子积德了。

2

我开着车，问副驾上抱紧书包的小聚：“具体什么地址？算了，你把票给我看看。”

她递过来一张皱巴巴的票，我有点诧异地说：“你还真买了？”

小聚嘿嘿一笑。“说出来你不相信，是一个病友出院前送给我的，她说，我一定有机会可以看到。”

我拿起票瞄了瞄，浑身打个激灵。“陈岩？陈岩的演唱会？这这这……她是我大学同学啊！”

小聚瞪大眼睛。“叔叔你吹牛吧？”

我记住地址，把票扔回去。“说出来你不相信，真是同学。”

面包车晃晃悠悠，后视镜能望到隐约的黑烟，估计是车屁股冒出来的。小聚的嘴巴就停不下来：“叔叔，那你能把她的微信推给我吗？”

我说：“推给你也没用啊，人家又不会通过。”

小聚说：“这是我自己要解决的问题，你不用管。”

我懒得跟她纠缠，刚推给她，她又开始新一轮的折腾，毫无礼貌地直接发问：“叔叔，你真的这么没用吗？”

我说：“还行吧。”

小聚说：“叔叔，你的车又破又难看，难怪老婆都跑了。”

我一脚刹车。“坐后边去行不行，别烦我。”

她无动于衷，指着遮光盖挂着的照片。“这是你的结婚照吗？”

我一把扯下来，丢进扶手箱，没有理会破小孩，破小孩依旧不依不饶：“这么大年纪，怎么还急眼了呢。”

我无力地反击了一下："你再这样，我不送你了啊。"

我经历过很多种吵闹，心中诞生过很多种憎恶，最后也不就像厨房垃圾桶里那条死鱼一样，任随烂菜叶子堆在身上，反正都是要一起扔掉的。但这个小孩的聒噪，我感觉在可以阻止的能力范围之内，又不知道从何下手。

恰好面包车突突几声，油门松软，我赶紧靠边，果然车子趴窝了。松了口气，我扭头对她说："不是我不送你，车坏了。"

小聚正视前方，面无表情地说："你老婆说的没错，果然什么事都干不成。"

我的太阳穴胀痛。"那车坏了，我有什么办法？"

小聚说："坏了就修。"

路边提款机，显示余额为两千八百六十四块，我把小女孩拉过来，让她看了看数字。小聚惊奇地望着我说："奇怪了，你给我看什么，我又没有钱。"

我说："回去吧。"

小聚说："你老婆说的没错，你这一辈子……"

我迅速按动密码，取出了能取出来的所有钱。"修修修，我修。”

小聚翻书包，找到几张十块，献宝似的高举。“给。”

3

拖车花掉两百块，其余费用要等检查完毕。我拒绝了有关车子外形上的任何整顿，目标非常明确，跑得起来。

修车师傅叼着烟，躺进了车底，幽幽传出一句话：“又费力，又挣不到钱，真不想做你这单生意。”

小聚抱着书包，缩在藤椅上，安静地睡着了。我走到隔壁小卖部，买了几瓶水，两个蛋糕，一包火腿肠，打算当作路上的干粮。

淅淅沥沥的雨掀起漫无边际的雾气，我拎着塑料袋，路过小巷，墙边一堆碎砖里钻出一条黑影。我停住脚步，黑影是只湿透的黑狗，畏怯地走到我脚边，坐下，小心翼翼地把脑袋搁在我脚面。

我蹲下仔细看着它，它缺了半拉耳朵，鼻梁上有一道长长的疤痕，眼角还有血渍，肚子拖到地面，怀孕了吧。

摸摸它的头顶，它也不躲避，就低低呜咽了几声。

雨水在脚边汇聚成细窄的河流，带走肮脏的烟头和几张小广告。那不断绝的水声，仿佛有人不断绝地叹息。

我打开塑料袋，撕开几根火腿肠，放到黑狗嘴边。它的眼睛乌黑，浑身滚落水珠，依旧低低呜咽。

我小声说：“你也没人要啊。”

4

从南京到武汉，开车要七八个小时。

收音机里一位大哥深沉地叙述情感经历，最后得出结论，他说：“为什么谈婚论嫁的不得善终，游戏人间的如鱼得水？因为你一旦认真了，奔着厮守终身去了，所有的牺牲都想得到回报，所有的付出都想得到回应，你所有的等待和关怀，一旦没有反馈，都会变成对自己的折磨。而游戏人间的，他得不得到无所谓，他安抚一颗心花了六个小时，送一顿早餐跑了十公里，不顾众人目光献上满车玫瑰，并不是为了让别人把终身托付给他。所以，对方不给他平等的回应，他不会难过。谈婚论嫁的不得善终，因为他有期盼。游戏人间的如鱼得水，因为他没当真……”

听到这里，信号断了，面包车带着我和小聚，驶入了安徽地界。

路牌一个个掠过，雨丝细密，窗缝漏进呜呜的风。手机响了，小聚直接掐掉。“哎呀我得关机了，我妈发现了，估计在找我。”

我说：“赶紧跟你妈说一声，肯定急坏了。”

她拿起手机发语音：“妈妈我没事，挺好的，求求你让我出去看看好吗？我不想在病房等死。”

我说：“你妈肯定报警。”

小聚说：“不会连累你的，看完演唱会就回去……哎我妈又打……”她犹豫一下，关机了。

我说：“最看不起这样的小孩了，动不动关机，一点责任心也没有。”

话音未落，我的手机也响了，一看来电显示，林艺。

我二话不说，关机。

小聚翻了个白眼。“最看不起这样的大人了，动不动关机，一点责任心也没有。”

黄昏，即将抵达武汉，路旁出现盖大棚的农户，大妈披着外套，坐在简陋的摊子后，不抱希望地吆喝：“草莓要吗？”

我靠边停车，说：“要。”

大妈不敢置信，左手举起二维码，右手端给我满筐草莓。“你真的要买？我都没想到这个点会有人要买。”

我用手机扫码。“那你为什么要出来？”

她笑着说：“这不你来了吗，谁知道会碰到谁，总能碰到点想不到的。”

本土小草莓，粉粉白白，不甜也不香。小聚用矿泉水洗过，尝试把草莓塞到我嘴里，见我扭头，自顾自一颗颗吃起来，津津有味。

“好吃。”她赞美草莓，还说因为太贵，她妈妈很少买，“我做梦都在想，我能吃草莓吃到饱就好了。”小女孩咕哝着，睡着了。

最后一段高速路，面包车超过货车，货车尾灯红光甩在小聚脸上，她始终没醒。在我心慌地伸出手指探她呼吸时，她晃了晃脑袋，小嘴吧嗒两下，露出满足的笑容。

驶入市区，心中恍惚，我怎么会来武汉的。

5

开到露天体育馆，宽阔的前门台阶上乌泱泱的人群，馆外挂着陈岩的巨幅海报。我推了推小聚，她揉揉惺忪的眼睛，问："到啦？"

我把她送到入口。"你一个人行不行？"

她肯定地点头。"我可以的，叔叔，结束了我怎么找你呀？"

我叹口气，对啊，还得送她回南京。"等你看完演唱会挺晚的，我先去找个酒店，地址发你手机上，看完给我打电话，明天我们再回去，今天开不动车了。"

我打开小聚的手机，拨了自己的号码，然后挂断，发现小聚没回答，瞪大眼睛望着人群。

她从未见过这么大阵仗吧，几乎都是年轻人，说笑声浪潮般在场馆台阶上翻滚，外围的黄牛们手握两沓门票，啪啪作响地穿梭其中。最亮眼的还是纪念品小贩，不管阿姨还是大爷，头上都戴着荧光圈和电子发卡，浑身挂满荧光字牌，像个移动的人形灯箱，那点点或红或绿的光源就从他们身上扩散出去，逐渐点缀到观众的满身。

“喂！”我喊住一个小贩，掏出十块钱，“来一个发光的猫耳朵。”

小贩答：“二十块。”

“抢钱吗？”我还在考虑，小聚气鼓鼓拉住我的胳膊，说：“叔叔，我不要。”

我没理会，默默拿出二十块，买了猫耳朵戴在她头上。“别往人堆里挤，你个子小，他们看不见你，容易撞到。”

猫耳朵一闪一闪，映着小女孩兴奋的笑容。场馆内音乐声炸响，观众开始入场，小聚点头刚要离开，突然定住脚步，认真问我：“叔叔，你一定会送我回去吧？你不会偷偷摸摸……偷偷摸摸跑了吧？”

是我的错觉吗，武汉的雨更大一些，天边隐约闪烁电光。

我说：“肯定送你回去。”

小聚转身，背上的书包跟着她一跳一跳，小女孩消失在人群之中。

我胡乱晃悠，用手机搜了家三星级行政酒店，店名还挺气派，叫“江畔公馆”。到了大厅，满目萧瑟，磨秃的地毯，发霉的墙纸，前台木桌子裂了条大缝。

扫了眼价格牌，我说：“你这条件两百八一晚，也不便宜啊。”

前台笑容可掬。“先生您好，您可以住别家去。”

我说：“算了，凑合凑合吧。”

前台说：“押金三百。”

我递过去现金，前台收进抽屉，桌上电话响了，他和气地接听：“您好，前台。”

电话内声音巨大：“怎么有老鼠！我房间有老鼠！你给我换一间！”

前台和气地说：“您好，换一间可能也有老鼠，您确定要换吗？”

电话那头的客人似乎被震撼了，沉默一会儿说：“那你把这间的老鼠弄走。”

前台和气地说：“您好，本店不提供灭鼠服务。”说完他就挂了，不带一丝犹豫。我赶紧贴上去：“不行啊兄弟，我带着小孩，小孩生病了，你这里卫生条件不行啊！”

前台斜眼看我。“小孩生病了还住我这里，你不怕病上加病？”

我说：“那我能退吗？”

前台和气地说：“您好，本店一概不退。”

我沮丧地转身要走，前台喊住我，丢给我一张门卡：“这间我打扫过，三楼，平时自己也会住，给你吧。”

进房间我四处检查，发现的确算干净。我掏出手机，把地址发给小聚。打开窗户抽了根烟，街上行人纷纷，不知哪里传来情歌，雨越来越大，道路水光潋滟，霓虹闪烁。

林艺的未接来电已经两个，大概去了医院没有找到我。她是世界上仅剩的寻找我的人，原因却是为了彻底离开我。

孤独从不来自陌生人，城市中互不相识的人们似乎戴着罩子，各自穿梭，漫天雨水敲击不到心灵。孤独来自生命中那些重要的人，他们的影子扎根在旧时光，笑容不知道去了何方。

我的脑海沉寂无声，心脏一阵阵绞痛，产生所有感觉的这两个器官之间似乎断了联系。

走出宾馆，一直走，漫无目的，走到大排档一条街。角落有家生意冷清的炒饭摊子，我坐下来，肚子并不饿，只要了一瓶白酒。

喝了几口，胸口灼烧，眼泪莫名其妙开始滴落。

林艺的电话再次响起，我接通了。

我有些醉意，说："你好，请讲。"

林艺沉默一下，说："宋一鲤，我们必须离婚了。"

我说："我不同意，你去法院好了，告诉法官，说你出轨了，对不起我，然后我就告诉法官，没关系，我原谅你。"

这段话流畅又冷漠，卑微又残酷，简直技惊我自己，能把路封死到这个程度，我超常发挥。

林艺说："我怀孕了。"

头顶雨棚乒乒乓乓，我能听清每一滴雨水砸在布面上的声音。远处有个酒瓶被砸碎，隔壁女孩嬉笑着点烧烤，一辆出租车冲过马路，溅起半人高的水花。

对面三楼一盏灯灭了，无声无息，那扇窗户陷入黑暗。

我的心脏不痛了，没有了，就这么活生生地消失了。

他们说，眼泪的原料是血液，所以别哭。我哭不出来，我的心脏没有了，我的血液没有了，我的眼泪没有了。

四周人影晃动，我痴痴地看着挂断电话的手机屏幕，心想，我为什么没有死。

面前多了一碗炒饭，我抬头，老板拍拍我肩膀。“我请你的，吃点东西再喝酒。”他用围裙擦擦手，“男人哭成这样，我不知道你出了什么事，也不应该问你，请你吃碗炒饭，撑住啊。”

我大口大口吃着炒饭，用力咀嚼，用力吞咽。咽不下去，就喝一口白酒把饭冲下去，什么都不愿意想。

暴雨如注，临街的一桌青年敲着杯子唱歌，还把酒瓶丢向马路，行人纷纷闪避。老板拿着炒饭过去劝说：“我要收摊了，送大家一份炒饭，交个朋友。”

一个光头扬扬下巴。“赶我们走？”

我翻转酒瓶，已经空荡荡，啪地丢到脚下，摇摇晃晃站起来，不知道为什么，死死盯着隔壁桌。

老板赔笑道：“我没这个意思，就怕楼上报警，那多不好……”

光头将他推倒，老板的帽子掉在地上，被风飞快卷走。光头说：“今天我们不喝高兴，谁都别想走，拿酒！”

老板爬起来，说：“兄弟，给个面子……”

光头揪住他的领子。“你算什么东西，我要给你面子？”

老板努力掰他的手。“我不算什么东西，你别跟我计较，这样我给你们打八折好不好？”

光头把他整个人都提了起来。“你这态度，还想收钱？”

“放手。”我站起来。

“啥？你再说一遍？”光头看向我，他身后的朋友站起来。

我往地上吐了口口水，脚一滑，差点没站稳，赶紧扶住桌子，指着他们说：“他妈的聋子啊，我让你放手。”

接下来发生的事，从我的视角看，所有东西都在翻滚。雨夜的天空，墨绿的雨棚，飞来飞去的酒瓶，惊慌的面孔，像毕加索画中的旋涡，全部扭曲，全部旋转，全部破碎。

桌子都被撞翻，我抱着光头滚成一团。

青年们的拳脚在我身上落下，奇怪的是竟然不疼。我手脚失去控制，只是死死搂住光头，用尽一切方法，挥空了就用头撞，撞晕了就用脚踢。

我俩在地面扭打，几乎要滚到马路上。老板惶恐着大喊别打了，我根本不想停手。打啊，我还没打过人。父亲离开的时候，我不知道打谁。母亲跳楼的时候，我不知道打谁。他们说，就是因为我，这个家才会死的死，没的没，那么，打死我吧。

有人操起塑料板凳，砸向我的后背。

打死我啊，有本事你们打死我啊，反正我也不想活了！

突然青年们停了手，包括光头，脸上都是害怕和震惊。

我气喘吁吁，意识到自己吼出了心声，那句心中疯狂的咆哮，我居然喊出了口。我擦了擦嘴角的血迹，站起来，走了两步，青年们集体后退。

我伸出手，想去抓住光头的衣领，刚抬起胳膊，整个人就被紧紧按住。

“蹲下，警察，都给我老老实实蹲下！”

那些过不去的日子，

从天而降，

连绵不绝，

像一条无穷无尽的隧道。

第五章

一万年
和一万光年

1

突如其来的斗殴，集体被捕。青年们赔偿了路边摊的损失，在老板的竭力指证下，加上只有我浑身伤痕累累，我变成受害人，民警教育了一番，便让我签字离开。

后半夜雨也小了，我走出派出所，意外看到小聚站在路旁，小脸皱得紧巴巴，满眼担忧。我摸了摸她的脑袋，说："是不是困了？"

小聚手里有张攥了许久的纸巾，递给我。"叔叔，擦擦脸。"

我接过来，问她："演唱会好看吗？"

小聚低头说："刚开始不到半个小时，雨太大，还打雷，取消了。"

我说："那你怎么来的？"

小聚说：“我先到的酒店，服务员告诉我警察把你抓走了，再问烧烤店老板，他说应该就是这里。”

我有点愧疚，装着满不在乎地说：“那你在酒店等我好了，小孩子跑来跑去会跑丢。”

小聚叹口气。“还不是因为你，你太让人担心了。”

“啊？”我震惊了，“七岁的小孩说这话不合适吧？”

小聚指着一辆黑色商务车。“护士姐姐说你不靠谱，陈岩姐姐也说你不靠谱，她都过来了。”我顺着她所指的方向，看见商务车车窗降下，露出一张记忆中熟悉的脸庞。她冲我微微一笑，恍如大学时代那个神采飞扬的女同学。

我们曾经食堂喝过酒，图书馆写过歌，大平台办过演唱会，当然我只是乐队的跟班。陈岩说，看我写的小说，觉得文笔还可以，寄希望于有一天，我能写出让她眼前一亮的歌词来。我们喝酒的时候，我的酒品差，喝多了老哭。陈岩酒品更差，喝多了老抢着买单。模式简单，我丢人，她丢钱。大三那年，她退学签了公司，从此再未相遇。

五年不见，多了拘谨。转念一想，她即使再成功，跟我也毫无关系，一个正在自我了断的人，在她面前还能失去什么。

车内一片寂静，轮胎摩擦柏油路，嗞啦嗞啦，听得我昏昏欲睡。

“你过得不好？”

“嗯，还行。”

“小聚发微信，说你出事了，我来看看能帮什么忙。”

“她怎么有你微信的？”

陈岩笑了。“她在备注里说自己是宋一鲤的女儿，我就通过了。”

后座偷听的小聚迅速扭回头，一脸镇静。

“说吧，为什么打架？你的性格我清楚，很少冲动。”

“他们欺负老实人。”

“跟你有什么关系？”

“我也是老实人，同病相怜。”

“怎么，你也被欺负了？”

“戴绿帽子了。”

陈岩正喝水，差点喷出来。笑吧，我没什么意见，这些触痛不了我。她假模假样地严肃，板起脸，说：“你们不是结婚了吗？”

我说：“嗯，毕业后结的婚。”

她说：“你从来不联系我。”

我说：“因为你消失了。”

她说：“除了分手和死亡，没有什么消失。人啊，只跟想念的人联系。那林艺呢，真的消失了？”

我说：“她怀孕了，孩子不是我的。”

陈岩终于没忍住，大笑出声，肩膀颤抖，手中水瓶直晃。

我说：“很好笑吗？是挺好笑的。”

她拍拍我的肩膀。“兄弟，你太惨了，惨到搞笑，要不，请你喝一杯。”

驾驶座的女司机突然开口：“岩姐，明早你要赶飞机，不能多喝。”

陈岩耸了耸肩，说：“对哦，武汉取消了，临时加了场昆明，我得飞过去准备。”她没有看我，望着车窗外，停止了嘲笑，平静地说：“你们没行李，我请你们住酒店吧，有些话我想跟你说。”

路灯在车窗上拉出一条条明黄的光带，像刀片划过蛋糕，油彩切开夜晚。

她说：“你这个人就是棵荒草，别人稍微爱你一下，就恨不得把心都掏出来。但你是棵荒草啊，能掏出什么来，最多最多，把自己点着了，让人家暖一下手。”

我泪流满面，胸口闷得喘不过气。

后座探过一个小脑袋，贼头贼脑地问：“那个，陈岩姐姐，加了场昆明是什么意思？”

2

酒店酒廊，陈岩换了便衣，坐在我对面，指关节敲敲桌沿，服务生熟练地开酒。四周是香槟色玻璃幕墙，灯光和音乐都影影绰绰，原来有钱人喝酒这么安静。

陈岩说：“是不是觉得，我们没那么熟了？”

她看上去精致又随意，配着深红沙发，古铜桌面，微微一动，倒影摇曳万千，与我如此遥远。

陈岩说：“有个小小的要求，算帮我的。”

我说：“不了。”

陈岩仰头干掉一杯葡萄酒，说：“其实是你自己还没完成。”她从口袋里拿出一张泛黄的信纸，轻轻放在桌面上，“把它写完，当个纪念。”

我呆呆地望着那张纸。“这你还留着？”

陈岩说：“我很喜欢啊，一直等你写完。”

我说：“不了，没什么意义。”

陈岩站起身，伸了个懒腰。“宋一鲤，你这辈子，真的一件事都干不成。”她也知道这句话，小聚究竟跟她说了多少。

她转身离去，留下那张信纸。纸上是我大学时写的半首歌，几行字，再未继续，我的生活那么沉重，没有资格跟着他们去追求梦想。

陈岩的助手开了个标间，两张床，小聚一张，我一张。我刚走进房间，装睡的小聚打了个哈欠，如梦初醒。“叔叔，你听说了没有，陈岩姐姐加了一场昆明的。”

我直接用被子蒙住自己，试图阻挡她的发言。小聚爬下床，趴到我耳边说：“叔叔，陈岩姐姐说，如果我去的话，不用票，最好的位置……”

我说：“你不去。”

小聚“哦”了一声，爬回了自己床上，没安静两分钟，又开口问：“叔叔，明天回南京，挺遗憾的。”

我不想说话，紧紧闭着眼睛。

小聚的声音带了点抽泣："叔叔，你以后会来看我吧？"

"尽量。"我心想，不算撒谎吧，哪天小聚记起这句话，一查我已经死了，那也不算违背承诺。

小聚不满意这个回答，换了个问题："那能天天给我打电话吗？"

我心中有点痛，翻身坐起，房间没开灯，能看到小聚小小的身子端坐床上，甚至能察觉她充满期盼的眼神。

我很困，很累，沉默一会儿，说："小聚，叔叔将来很长一段时间都不会有消息，不是因为不想看你，而是有自己的原因，等你长大了，就会明白了。"

黑暗中的小孩子点头。"我理解。"

我们坐在各自的床上，相对无言，小孩再次打破沉默："但我没有机会长大了，所以我虽然理解，但是不同意。"

她语调铿锵："要么你送我去昆明，要么天天给我打电话。"

我盖上被子，不想管她。"你想得美，咱俩什么关系？你还真是我女儿了？顶了天纯属两个病友，我没义务帮你。你记住，回了南京，我们就当不认识。"

3

清晨我盯着小聚刷牙洗脸，她绷着小脸，一言不发。收拾完下楼退房，我带着她走向面包车，觉得跟小孩斗气没必要，主动去帮她拎书包，她退后几步，瞪着我。“叔叔是骗子。”

我努力让语气温和一些：“叔叔送你去长途汽车站，你一个人坐车没问题吧？”

小聚哽咽着说：“你答应送我看演唱会的，武汉没看成，那就要看昆明的。”

我失去耐心，将她连人带书包揪了起来，往面包车内一丢。她真轻得可怜，抓在手里跟小猫没什么区别。小聚死死拽住门把，放声大哭：“你说话不算数！”

我说：“我不是带你来了，没看成又不是我的错，讲点道理，行不行？”

小聚尖声叫道：“我都快死了，为什么还要讲道理……”

我敷衍着把她往里推。“你还小，不会死的，医生肯定能治好你，病好了想看几场看几场，没人拦你……”

小聚的脸涨得通红，眼中满是绝望和愤怒，大喊：“我的病还能治吗？所有人都知道我快死了！医生骗我，妈妈骗我，你也骗我！”

我控制不住情绪，冲她大吼：“你以为别人想骗你吗？还不是为你好！”

这句话彻底引爆了小孩子，她哭到撕心裂肺。“都说为我好，可是没一个想过我要什么！生病不怪别人，我自己倒霉，可我总共就一个愿望，就一个！我再倒霉，不能一个愿望都不成吧？”

说到后面，她抽噎得上气不接下气。“医生说我多活一天都是赚的，我拼命活了，你们别让我在医院里赚啊……”

我无力地说：“下次，小聚，咱们下次。”

小聚说：“下次是什么时候，一万年以后？”

我怔怔地望着她，其实我也想过，结婚，工作，有一个可爱的女儿，就是小聚这样的，大眼睛，齐刘海，笑起来甜成一颗草莓。

我一无所有。

小聚缓缓平静，她的小手轻轻钩住我的手指，抬头忽闪着泪眼。“叔叔你怎么浑身都在抖，我不惹你生气了，叔叔，我回去。”

她乖乖地坐进面包车里，还冲我招手。“叔叔，走吧。”

到了武汉长途汽车站，我领着小聚去售票窗口排队。我把小聚抱起来，说：“给你妈妈打个电话好不好，让她去车站接你。”

小聚默不作声，拿出手机，还没拨号，来电响了。

“喂，是小聚吗？”对面声音带着欣喜。

小聚闷闷地问：“你是谁？”

“我是城南派出所的民警，你妈妈早上来报案，说你被拐走了。”

小聚看看我，撇了撇嘴说：“警察叔叔，你们放心，我很安全。”

警察并不相信。“你现在在哪里？有大人在旁边吗？”

我痛苦地叹口气，麻烦终于来了，本想接过电话自己解释，却听到小聚急切地维护：“叔叔是好人，我求他送我的，我这算离家出走，不是拐卖。”

电话那头传来焦急的女声：“小聚，你在哪里？”

小聚听到母亲的声音，眼眶立刻红了，鼻子一耸一耸。“妈妈你别急，我去看演唱会，马上就回来，我现在在车站买票，到了南京告诉你，妈妈对不起。”

4

我觉得自己似乎卷进了一个奇怪的事件。这几年漫长的煎熬中，我从挣扎到绝望，按部就班地执行计划：卖饭馆，送母亲到疗养院，见林艺最后一面。原本想在无人知晓的情况下，悄悄结束自己的生命。

可如今莫名其妙地身在武汉，又是打架，又是被当作人贩子，我已经不知道自己该干什么，要往哪里去。

我心想，要不送走小聚，回到江畔公馆，躺浴缸里割脉，用生命把这家酒店变成凶宅，警告旅客不要入住，也算临走前积了点功德。

胡思乱想间，买完了车票。小聚扯扯我衣角，说：“叔叔，你在想什么，半天眼睛都没有动过。”

我说：“走，带你去坐车。”

小聚说：“叔叔，你回南京吗？”

我说：“对叔叔来说，哪里都一样。”

在候车大厅待了一刻钟，告示牌显示买的车次即将出发。我领着小聚，随着人流到了广场，找到发往南京的大巴。

拉着小聚的小手，我的心越来越疼，忍不住蹲下身。“饿了吗，叔叔给你买点东西，你带在车上吃。”

小聚猛地拽住我衣角，两眼亮晶晶，说：“叔叔，我肯定会死的，你带着我那份，帮我好好活下去，用力活下去。”

我说：“别乱讲，你没事。”

突然有阳光照在小聚脸上，额头闪起淡淡的金黄，原来雨已经停了一阵。小女孩的眼睛黑亮清澈，刚刚被泪水洗过，边缘泛着纯净的蓝。

她问：“叔叔，我们还会再见吗？”

我没法对着这双眼睛说谎，只能挤出一点微笑。“小聚，回去以后，听妈妈的话，不管多久，开开心心活着。”

小聚心中得到了答案，可她终究只是个七岁的孩子，不知道自己还能做些什么。大巴鸣笛，催促旅客上车。

她一点一点松开手，低头说：“叔叔，再见。”一滴眼泪砸在地面，她哭了。

我们认识时间很短，我其实不太明白，这个小女孩对我哪里来的依恋，似乎真的把我当成了亲人。

可我的心，确实在痛。我就算今天死去，上天也给了我机会长大成人。我没有活下去的必要，找不到任何理由，我甚至背负着不可饶恕的罪孽。可她呢，小聚是热爱这个世界的。

我想说，多希望我今天死了，那些无用的寿命，我愿意送给小聚。但我没有说，一个七岁的小孩，无法理解，所以不必叙述。

把小聚送到座位，司机喊着送人的可以下车了。我走近司机，递给他一百块钱。“师傅，第七排那个小孩身体不好，路上多留神，照顾照顾。”

司机收下钱，头也不回。“行了，下车吧。”

我犹豫了下，把兜里的钱全部塞进司机口袋，转身下车。司机惊奇地望着我，透过车门，我冲他喊：“师傅，她还没吃早饭，休息站麻烦你买点吃的给她，还有，到了南京要是没人接，你送她去城南医院……”

门“哧”地一响，关拢。

我退后几步，第七排的车窗贴着一张小脸，我似乎能听到吧嗒吧嗒掉眼泪的声音。

再见了，破小孩。

5

“跟我想的不一样啊，虽然你嘴巴臭，基本上还能算个老实人，但不至于这么有爱心。”

餐桌对面的陈岩喝着粥，我没胃口，叫了一瓶啤酒，也不回应她的挤对。身旁一个清脆坚定的童声说：“叔叔就是个好人，帅气，大方，是天底下最了不起的英雄。”

陈岩哼了哼。“天底下最了不起的英雄，大清早喝啤酒。”她擦了擦嘴，问我，“你什么计划？”

我说：“带她去昆明，看你的演唱会。”

陈岩说：“青青，我助理。”

给她倒水的女生动作停顿一下，冲我点点头。“你好宋先生。”

陈岩说：“这样吧，我把青青留给你，你这一路带着小孩不方便，让青青帮你吧。”她点了点青青的胳膊，“一会儿去找老刘交接下工作，开车到昆明挺远的，盯着这家伙，别让他把小孩弄丢了。”

青青说："好的岩姐。"

我懒得理会。

一小时前，大巴启动，我蓦地想，两个都是快要死的人，还有什么顾忌的，我为什么不能满足她的愿望，最多被当成人贩子枪毙。我，宋一鲤，今天死和一个月以后死，有区别吗？

有，小聚可以看到演唱会。

我追赶大巴，拍打车门，司机急刹车，我一把抱住冲下来的小聚。

陈岩拿勺子小口地喝着豆浆。"如果你有话对林艺说，你会说什么？"

无话可说。陈岩卷起白衬衣的袖子，手腕上翻，露出两条疤痕，三四厘米粉红色的凸起。"瞧，我干过傻事。那段时间觉得自己活在黑暗中，呼吸困难，睡不着觉，每天头疼，恨不得拿刀割开脑门，看看是什么在里面折磨我。"

我放下酒杯，睁大眼睛，心脏跳得厉害。

陈岩放下袖子。"大家不理解，我有钱，生活富裕，有什么过不去的。可当时我就是找不到活着的意义啊，整宿整宿地哭。”

她轻轻地笑了笑。“我爸去世，我看着我妈扶着棺材，她一滴眼泪也没有掉。我妈去世，我扶着她的棺材，一滴眼泪也没有掉。办完丧事，我深夜回家，打开冰箱，里面还有半瓶我妈买的果汁，我拿着果汁，走到爸妈房间，床上整齐地叠着被子，枕头边放着一本书。”

陈岩抬手，往耳后捋了捋头发，我看见她偷偷擦了颗眼泪。

她说：“我崩溃了，人不是只为自己活着，那以后呢，我只有自己了，我活不下去。”

我的心越跳越厉害，像要蹦出喉咙。她也有那样的夜晚吗？跟我相似的伸手不见五指。

她说：“那些过不去的日子，从天而降，连绵不绝，像一条无穷无尽的隧道。我走完了，宋一鲤，告诉你这些，是因为我猜，让你最绝望的一定不是林艺。你对她没有话要说，那么，对这个世界，有话要说吗？有的话，就写下来吧。”

我坐到中午，才发现，陈岩早就离开了。小聚蜷缩成一团，趴在我腿上睡觉。餐桌对面，陈岩的女助理青青，坐得笔直，敲打着笔记本的键盘。

6

“你喝酒了，不能开车。”

青青五官清秀，戴一副黑边框眼镜，身穿卡其色衬衣、浅蓝牛仔裤，头发整齐，落到肩膀。这种女生，做事一板一眼，长相如同声音般平凡，平凡到让人产生错觉，仿佛见过，再想想又忘了。

我提起啤酒罐，一饮而尽，把面包车钥匙丢给青青。

第一次做面包车的乘客，我在后座折腾来折腾去，小聚嫌弃得不行，爬到副驾，撇我独自在后面。

找到个舒服的姿势瘫软下来，任由身体一点点下滑，再也不想动弹。

椅背隔绝了前后的空间，秋天的枝丫与天空飞速划过车窗，从暗蓝到浅灰，直到彻底模糊。感觉昏昏沉沉，无力感沉淀，如同沿路墨色的重重山峦。

前排传来对话。

“小聚，你在干啥？”

“吃药呀，到时间啦！”

这我知道，昨晚就见到，她的小书包里有五颜六色的分装药盒，药盒上贴着一排排手写标签，注明了服用时间和剂量。

“你吃这么多药？生什么病了？”

小聚语气平淡地说：“脑癌。”

青青显然不是擅长聊天的人，我没看见她惊慌的表情，但依然感受到她的手足无措，因为她直接减速表达震惊。

青青尝试传递关心，挤出来一句：“那你多吃点。”

我心情如此悲怆，结果听到这句，差点没笑出声。翻身坐起，想打打圆场，小聚同情地看了青青一眼，说：“我妈告诉我，一个人要是不知道说什么，可以不说，比说错话好。”

青青面红耳赤，勉强转移话题：“去昆明的事，告诉你妈了吗？”

小聚点头：“跟她讲过。”

青青问：“药够的吧？”

小聚挠挠头，计算备用物资。“蓝的空腹吃，每天一次，一次三片。红的饭后吃，三顿，一次两片。粉色的最贵了，还好每天只要吃一片。”

漂亮的药盒子互相碰撞着，发出清脆好听的当当声。

“这个……咦这个……这个白的……这个……”小聚卡壳，似乎记不清楚，紧紧攥住药盒，“总之够吃，医生说，吃完这些，我就可以动手术了。”

青青问：“做完手术呢？”

小聚笑嘻嘻回答：“可能会死吧。”

车子再次突然减速，我从后视镜里看青青的表情，一张悔得想跳车的脸。

小聚反过来安慰她：“青青姐，我开玩笑的。手术再危险，我也一定能活下去的。”

她握住拳头为自己鼓劲，还从书包里掏出一套小小的白衣服：“我一定能活下去的，因为我长大了，要保护妈妈。青青姐你看，我六岁的时候，拿过空手道幼儿组冠军哦！”

她认真地抖开儿童款空手道服，衣带尾端，用金线绣着个“一”字。

青青问：“这么厉害，谁会欺负你的妈妈呀？”

小聚答：“我爸爸。”

车内陷入沉默，车窗依旧有地方漏风，呼呼呼地震动耳膜。

小聚满不在乎地继续说：“爸爸力气可大了，一脚把妈妈踢飞出去。虽然他现在坐牢了，可是为了以后能打过他，我拼命练习，教练说，没见过我这么能吃苦的小孩子。”

小孩子得意扬扬，童年没有太阳，却惦记着亲手造一道光。

7

我睡了一路，迷迷糊糊中感觉车子开进小镇。睁开眼，车停在一家客栈门口。青青边下车，边跟我说：“你继续睡，我去办住宿手续，办完给你们买点吃的，回来叫你。”

小聚在副驾睡得歪七扭八，我也躺下，一个手机在我脸旁边嗡嗡嗡地振。稀里糊涂接通，就听到女人的哭声，吓得我一激灵，彻底清醒了。

手机是小聚的。

“小聚，你在哪里小聚？”

我说：“小聚睡着了，我帮你喊醒她。”

女人一愣：“你是那个姓宋的吧？”说完似乎怕惹恼我，哀求起来，“宋先生，我女儿生着病，离不开妈妈，你把女儿还给我好不好？”

我竭力解释：“是你女儿不肯走，她要去昆明看演唱会。”

她根本不听，只管哭着喊：“把女儿还给我好不好，求求你了，把女儿还给我！”那嘶哑的号叫，听得我揪心地疼。

我可以理解啊，小时候贪玩，放学后去游戏厅忘记时间，天黑了才回家，妈妈打了我一顿。可是后半夜，我被妈妈的抽泣声吵醒，发现她坐在我床边，一边摸着我的脸，一边哭得满脸是泪。

我深深吸口气，把小聚推醒。“你妈的电话。”

小聚揉着眼睛，接过电话。“妈妈？”

我在车外抽了根烟，小聚爬下来，鬼鬼祟祟看着我。“叔叔，我跟妈妈说了你是好人。”

我想了想，说：“小聚，我送你回去吧，你妈妈太伤心了。”

“她允许我去昆明了。”她眨巴着大眼睛。

“她还是会担心。”

小聚急了。“叔叔，你要反悔？”

我丢下烟头，盯着她。“没听你妈在哭吗？再不送你回去，她肯定要跟我拼命。”

小聚把头摇成拨浪鼓。“不会的不会的……叔叔，你要送我回去，你就是不守信用！”她搜索着贫瘠的词语，“言而无信！说话放屁！”

我根本不理会她，又点着一根烟。

她喊：“你老婆说得没错，你这一辈子，一件事也做不成……”

我冷冷看她一眼。“再吵，立刻送你走。”

青青拎着吃的回来，我指指忧伤的小女孩。“你带她进去吧，我去散散心。”

8

深夜的小镇，亮灯的地方不多，路边依然有醉汉和烧烤摊。找到一家小卖部，买几罐啤酒，站在路灯下，刚打开一罐，手机的视频通话响了。

屏幕上出现小聚的小脸，眼珠滴溜溜转：“叔叔你去哪里了，你不会丢下我不管，一个人跑掉了吧？”

我烦躁地喝了口酒。“赶紧睡觉。”刚想挂掉视频，眼前猛地一黑，剩个空手举在那儿，手机不见了。

夜色中闪亮的小方块上下起伏，越闪越远，我这才反应过来，手机居然被人抢了。

我丢开啤酒，迈腿追去，大叫："他妈的你给我站住！抓小偷啊！"

小偷钻街穿巷，追他四五百米，嘴里唾沫带上血腥味了，准备放弃。小偷站定，对着我比了个中指，往旁边一拐。

我原本撑着膝盖喘气，脑子一热，跟着冲过去，一拐弯发现他就站在那儿，不假思索，飞身把他扑倒。

小偷手里的手机飞出去，滑进阴影。我举起拳头。"有种再跑啊，抢老子手机，揍死你！"

小偷嗷嗷叫："大哥饶命！"

我说："还饶命，我告诉你，他妈的不可饶恕！"

小偷嘿嘿一笑，我觉察出不对，举着的拳头被人抓住，扭头一看，几个壮实的男子一字排开。

我这才发现，一侧是拉着严实挡板的工地，一侧是低矮的平房，尽头被土方封住，是条死路，一盏刺眼的大功率路灯将那几个男子照得雪亮，他们和小偷无疑是一伙的。

昨天刚挨打，今天又要再来一遍吗？我不怕死，但还没喝醉，我怕疼啊。

我想了想，说："大哥饶命。"

小偷一把推开我，站起身，说："还饶命，我告诉你，他妈的不可饶恕。”

我盘腿坐地，双手抱胸。“打，来打，给我留条全尸。”

既不愤怒，也不悲伤，我麻木了。前几日小聚不出现，我大概已经死得安详平和，不用再挨这顿胖揍。这是我昏迷前最后一个念头。

有人一脚踢中我的头，我失去了意识。

9

妈妈在疗养院还好吗？

妈妈为我做过丝瓜烙饼，糖醋带鱼，韭黄肉丝……香气在记忆中萦绕不绝。我学不会，照样做给林艺，她吃一筷子就皱起眉头，说，再练练。我们一起待在厨房，嗞啦嗞啦的油锅声中，她坐在墙角的板凳上，头靠着门板睡着了。

我比普通更差，人生给我最大的苦难就是无能。我羡慕那些只用学习和玩耍的孩子，做每件事无论能不能拿到满分，至少拥有自信。而我的胸腔中不停蔓延仇恨，我不想恨任何一个人，但遏制不住它的生长。

我恨父亲。他悄无声息抛弃了我和妈妈，面对遗像，我甚至无法把照片上的样子和脑海中的形象重合。

我恨母亲。我恨她如此辛苦，二十年来从未为自己考虑，起早贪黑如同没有痛觉的动物，浑身伤口，走一步脚下就摊开血泊。

我恨那些模糊的人影，清晰的冷漠，不可抗拒的决定，斩钉截铁的命运。

这一年多，我经常做一个噩梦，听见人们的惊呼，我迟疑地走到路边，踮起脚，透过路人的后脑和肩膀，看见母亲趴在路面，身底血液爬出来。

我恨自己。我希望自己没有出生。我希望母亲并不爱我。我希望从三楼坠落的躯体是我。

10

不知过了多久，我醒了，那盏路灯刺得眼睛疼，嘴角全是血腥味。我艰难挪动，上半身靠墙贴着，手心一阵尖锐的疼痛——按到了玻璃碴儿，满地都是砸碎的酒瓶。

没死成，真遗憾，小偷毕竟只是小偷，打不出什么花样。我笑笑，腰部应该被踢狠了，一呼吸折断般地痛。

懒得管自己究竟伤成啥样，伸手摸摸口袋，烟居然还在。哆嗦着点着一根，辛辣的烟雾贯穿喉咙，对夜空吐出去，嘀咕一句："没意思。"

又有急促的脚步声传来，我丢下香烟，这帮人还杀回马枪，来吧来吧，一块毁灭，用我余生，换你无期徒刑。

长长的影子，随着嗒嗒嗒的脚步一跳一跳，我抬头一看，影子的主人又矮又小，装模作样穿了件空手道服，奔跑到我身边。

小女孩拉开架势，扎个马步，一跺脚，带着哭腔喊了声："嘿哈！"扭头哽咽地问我，"叔叔，坏人呢？"

我无力地瘫软。"小聚，你怎么来了？"

小女孩忍着眼泪，警惕地环顾四周，左右手互相交替，喘着粗气，说："我……我从视频看到的，看到一个招牌，写着波哥烧烤，就跟着导航过来了……叔叔，坏人呢？"

之前和她视频，还没挂断，手机被小偷掠走，甩到犄角旮旯儿，估计对着这家烧烤店的门头，小女孩竟然一路奔跑过来，她以为打游戏啊，还游走支援。

我用手撑墙，站起身，拿袖子擦擦脸上的血。"你怎么不懂事，跑过来能干什么，实在不行，去找青青姐报警啊。”

小聚瞪大眼睛。“来不及了，我练过空手道，我能保护你！”她攥紧小拳头，冲整条街喊，“出来！我不怕你们！”

我拉住她。“回去吧，坏人跑了。”

小聚身体僵硬。“真的跑了？”

我拉拉她。“跑了，走吧。”

我没拉动她，小女孩双脚扎根似的站在原地，拳头微微发抖，我问：“怎么了？”

小聚仰起脑袋，大眼睛满是泪雾。“真的跑了吗？不会回来了吗？”见我点头，她一下软倒在地，号啕大哭，“吓死我了啊呜呜呜呜……我脚都抽筋了啊呜呜呜呜……叔叔我跟你说，我刚刚害怕极了呜呜呜呜……没法更害怕了呜呜呜呜……”

我牵着小聚往客栈走，她的小手冰凉潮湿。

“既然害怕，你干吗还来？”

“没办法啊，我们兄弟一场，不能看着你挨打……”

“咱们啥时候变兄弟了。”

“我就随口说说，你要是不乐意，我还是喊你叔叔。”

“别哭了，兄弟。”

“你手机摔坏了吗？我的给你好了。”

“我要你的手机干什么？”

“你别再赶我走就行，我手机给你，你别嫌它旧，我自己都没换过……”

我今天见了太多眼泪，也止不住自己的眼泪。我希望小聚父母开朗健康，希望这个家庭富裕又开明，希望小女孩从未生病，一直快乐长大。

“我手机没坏，不用你的。”

“那叔叔，你会赶我走吗？”

“我考虑考虑。”

恍惚间，我似乎回到二十年前，母亲牵着我的手，走过燕子巷，桂花清香，月色涂亮屋檐，石砖上有一大一小两个影子。

我离那天的月亮，一万光年。

命运都是固定的，计划来计划去，有用吗？

命运什么样，就是什么样，抵抗毫无意义。

第六章

With you
Without you

1

客栈生意冷清，三间客房一间客厅，基本由我们承包了。前夜被揍得不轻，青青坚持多续一天房，让我好好休养。

我是被腹中强烈的灼烧感惊醒的，醒来窗外暗淡，分不出是凌晨还是黄昏。全身上下，无处不痛，看眼时间，我足足睡了二十个小时，怪不得饿得胃痛眩晕。

推开门，客厅木头桌与沙发相连，小聚盘腿坐在那里，正举着手机说话。

“这是我第七次直播，想不到依然只有两个粉丝。等我长大了，我要吃香的喝辣的，给妈妈买个大房子，她再也不用每天早上四五点就起床，一直忙到晚上。妈妈挣不到几个钱，她老说自己不中用，没事，将来我会很有用，给她买新衣服。我要带奶奶去医院，她眼睛不好，爷爷死掉的时候，她天天哭，眼睛就是那样哭坏的。”

小女孩居然在直播，我轻手轻脚，挑拣茶几上的吃食，青青还买了医药用品，我也拿了些。

小聚托着腮帮子，她的直播就是絮絮叨叨地聊天。

“等我长大了，把大家搬到一起住，奶奶在，爸爸回来了，脾气特别好，会照顾妈妈。春节全家蒸包子，放各种各样的馅儿……”

我的动作停下来，望向认真直播的小聚，猛地意识到，小女孩是在给自己最后的生命做记录。没什么观众，也没什么波澜，她储存着短短的人生。

我怕她发现，躲在柜子后，听她稚气地述说。

她在讲幼儿园同桌的小胖子，两人约定上小学也要坐一起。小胖子发誓，长大后当她男朋友，保护她。

小聚问，什么时候算长大，小胖子吭哧吭哧想半天，说小学毕业。

小聚说，不行，长大了还要帮妈妈卖菜。

她在讲奶奶住农村，知道她生病，一个人从很远的地方赶过来，用又细又硬的手摸她头发，交给妈妈一个布袋。

奶奶把乡下房子卖了，钱都在布袋里，给小聚治病。奶奶说对不起妈妈，说自己太老了不中用，妈妈嫁错人了。奶奶说着说着就哭了，拉着妈妈的手哭。奶奶那次走了之后，小聚再也没有见过她。

她嘟哝着，声音越来越小，趴在桌上睡着了。

我扯过一条被子，盖住她小小的身躯。她闭着眼睛，眼皮微微颤动，应该正在做梦，说起了梦话："真好吃……"

我把被子掖好，小女孩泪珠滑下，顺着光洁的脸庞滚落。

她还在做梦，梦里哭了，接着我听到她轻声地说："我不想死。"

我的胸口像被一锤击中，疼得无以复加。小女孩平时上蹿下跳，满不在乎，各种道理一套一套，可七岁小孩的心灵，根本无法承载如此苦楚的命题。

"我不想死。

"救救我好不好，我不想死，我想活下去，救救我好不好。

"救救我。"

小聚在梦中不停哭，小声哀求。我不知道她向谁乞求，也许是医生，也许是小孩子幻想的神灵，但没有人能回答她："好的。"

不能的，月亮在远方坠落，浪潮在堤岸破碎，统统不能倒回原点。

2

面包车再次出发，青青的驾驶技术娴熟，除了容易受惊，开得倒是稳当。她给人的印象端正严肃，话少刻板，从头到脚一副职业女性的气质，但我察觉青青有点爱硬撑，遇事强装镇定，这倒跟我差不多。

照顾小聚是陈岩交代的任务，所以她尽职完成，沿途还和小聚聊天。

小聚睡饱了，手舞足蹈地说：“青青姐你知道吗？叔叔被打得可惨了，好几个人打他，噼里啪啦，稀里哗啦，叔叔肠子都快出来了。”

这小破孩怎么学会幸灾乐祸、添油加醋了。

青青字斟句酌地附和：“那真的惨，肠子出来，他离没命也不远了。”

小聚激动地拍手道：“是快出来，但又没完全出来，情况危急，我赶到了，嘿哈，三拳两脚，击败了坏人。”

青青点头：“多亏有你，多看着点叔叔，注意观察，万一他吐血什么的，咱们就送他去医院。”

我坐起身。“有完没完，少说两句行不。”

一大一小两个女生相视一眼，齐齐闭嘴。我并不愿打断她们快乐的情绪，然而心中的烦躁仿佛密集的飞蚁，经营饭馆这几年，整夜整夜无法入睡，习惯同别人拉开距离，独自一人在沼泽挣扎。偶尔情绪爆发，甚至庆幸母亲神志不清，我缩进墙角痛哭，或者用头砸墙，都不用担心母亲发现。

我放弃看医生，把抗抑郁的药扔进垃圾桶。无所谓了，命好命坏，尽头不都一样。

我厌恶一切，包括别人的好意善意，天气的阴晴冷暖。抗拒那些怜悯、恶毒、辱骂、鼓励和所有无关紧要的接触，对的，我就是可怜虫。

小聚畏惧地瞥了我一眼，随即坐得笔直，假装看风景。我深呼吸，指着路侧的公园，说：“停那儿吧，我想下车走走。”

公园挺大，广场中间有雕塑，小朋友围绕喷泉欢呼雀跃，飞鸟划过，人多的地方，秋天的颜色灿烂又喧闹。

我避开人群，走到树林，听见“铮”的一声，不远处一棵树下，有个歌手拨动吉他。他戴着白色假发，脸上油彩鲜艳，装扮成小丑，花花绿绿的衣服极不合身，三三两两的行人故意绕过他，没有一名听众。

哦，有一名听众，小丑坐在草地上，身旁搁着一个面容狰狞的木偶。

小丑弹得乱七八糟，唱得沙哑低沉，好几个音都破掉。可是第一句唱出口，我就像被扔进狂风暴雨和不计其数的闪电中，血液在皮肤下烧得滚烫，笔直穿越心脏，如同身体里无数呼啸的标枪，冲到眼眶，冲出眼角，转瞬冰凉，从脸庞挂到脖子，从脖子滑入空气。

某个深夜，我疲惫地回家，林艺喝醉了，睡在地板上，手边躺着酒瓶，她的手机正在放这首歌。

我在医院守了母亲三天三夜，医生说脱离了生命危险，我想回家取一点衣物，却看到醉倒的林艺，一个贫穷美丽而绝望的妻子。她低声说："宋一鲤，我撑不下去了，我要离开你了。"

我觉得有点累

我想我缺少安慰

我的生活如此乏味

生命像花一样枯萎

…………

几次真的想让自己醉

让自己远离那许多恩怨是非

让隐藏已久的渴望随风飞

哦忘了我是谁

她是那个和我用一个餐盘的女生，深夜共同自习的恋人，婚礼互相拥抱的妻子，曾对未来满怀憧憬，下定决心改变生活的伴侣。她没有想到，我背上的命运沉重如山脉，竭尽全力撬不开哪怕一丝丝缝隙。

那天之后，林艺说，不能困死在饭馆，得出去找份工作。她十几天没回家，我无比焦躁，手头有点钱，将面包车拖进修理厂，好好清洗，打了一遍蜡，让它看起来稍微有点体面，买了束花，去她工作的地方，打算接她下班。

大楼下挨到黄昏，望见林艺和同事走出来，我整理整理头发，按响喇叭，探出身子，冲她呼喊："宋太太！宋太太这里！"

林艺似乎没听到，跟两位同事直直往前。我推开车门，招手喊："宋太太，下班了吗？我是宋先生啊。"

这些生硬的调侃，我拼尽力气才展现，从我贫瘠的生命中挤压出来。

三人停住脚步，林艺脸上带着微笑，看不出情绪。同事挑眉毛，挤眼睛，红润的嘴唇嘟起，发出惊讶的“呦”，声音拖长，尾调上扬。

黄衣服同事推了推她。“宋太太，宋先生来接你了，太甜蜜了吧。”

粉红套装同事笑着说：“不像我们只能自己开车，羡慕你们。”

黄衣服挽起粉红套装的手，说：“还是辆商务车，够大气，哈哈哈哈，宋太太，明天见。”

我跳下车，拉开副驾的门，林艺绕过面包车，往地铁站走去。我忙拉住她，问：“你去哪儿？”

林艺说：“放手，明天我找你。”

我假装没听清，举起花束。“小艺，喜欢吗？”

林艺说：“我们离婚吧。”

她平静地看着我，隔着花束，我看不到她的表情。

我说：“妈妈今天清醒了一会儿，想喝粥，我回去帮她熬，你呢，你想吃什么，我来做，这几天我有进步的。”

没有回应，放下花束，我再也无法隐瞒自己，带着哭腔说："小艺，我们可以的，真的，可以的……"

我看清楚了林艺的眉眼，疏朗清秀的五官疏离而陌生。

她低下头，匆匆捋了下耳边的碎发，沉默地往前走。我跟在她身后，地铁口风很大，下班的人群匆匆拥入，我惊恐地拉住她，因为我知道，这次松手，就永远失去她了。

但我更知道，这是必然到来的结果。

林艺说："明天我去饭馆拿行李。"

我说："好。"

林艺说："我从来没有坚定地选择你，但我尝试过坚定了，非常努力地尝试过了。"她的泪水一颗颗滚落，面容苍白，风吹起头发，她哭了，"宋一鲤，我撑不下去了，真的，我撑不下去了……"

她走到地铁口，停顿一下，回头，冲我微笑道："宋一鲤，你好好的。"

这句话飘散于风中，我茫然望着眼前川流不息的影子，心彻底空了，那个纤弱的背影湮没在人海。

耳边响着那首歌，空中飘浮斑斓的肥皂泡，笑声和风声游动林间，我站了很久，久到如同公园中心的雕塑，毫无生机，一动不动。

3

公园停车场出口，青青正设置导航，手机响了，她按下免提：“喂，妈妈？我在工作呢，回头给你打。”没等母亲回应，她便挂断，刚切换至导航软件，手机再响。

青青接通。“妈，我真的在忙……”

“我是你爸，不是让你换个工作了吗！”

“爸，哪能说辞就辞，回头再讲，旁边有人呢。”

“有人？你老板？正好，请陈岩小姐听电话。”

“岩姐的客人，爸你别捣乱。”

她爸拉高嗓门喊道：“我巴不得把你工作搅黄呢，听爸一句劝，别搞什么异地恋，赶紧回南昌。你跟笑文，异地恋几年了，这么下去啥时才能结婚。”

青青十分无奈。“爸，我们的事情，有我们的规划，不跟你说了，就这样。”

青青挂了电话，启动面包车，一副公事公办的模样，笑着跟我说：“宋先生，写歌方面，你需要我协助的，尽管吩咐。”

我说："不写。"

青青打着方向盘，循循善诱道："没灵感？路上风景好的地方特别多，你随时停，拥抱拥抱大自然，灵感就来了。"

这姑娘没完没了，搞得我十分烦躁。"爸妈催婚，异地恋，家庭尚未建立，就面临破裂。管我这么多，管好自己吧。"

青青认真回道："宋先生不用担心，我和你不一样，我做事遵从计划。每步走对，全部就对。"

我冷笑道："你命好，没吃过苦，没经历绝望。命运都是固定的，计划来计划去，有用吗？命运什么样，就是什么样，抵抗毫无意义。"

青青掩饰不住对我的反感，哼了一声，又觉得不够礼貌。"宋先生你太偏激。"

我不在乎她的反感，正如我也不在乎她的礼貌，索性闭目养神。

青青毕竟年轻，开始反击。"事实证明，我的人生规划得基本顺利。宋先生，有些话不中听，但说了，可能对你创作有帮助。"

"别说。"

青青不听话，强行追击道："我也算见过很多有才华的男人，有的勤奋坚强，有的好吃懒做，最讨厌其中一种，遇到点挫折立刻自暴自弃，自怨自艾，更严重的像你这样，不光消极，还见不得别人好。”

她说得恳切，分不清是否在说真心话，或者纯属羞辱我。

我说：“你根本不了解我，也不了解我的经历，不解释，随便你说。”

青青说：“来了来了，强者的不解释，是无须认同。弱者的不解释，是无力反驳。”

这女孩喝鸡汤长大的吗？我突然生气了，骂我打我，都不是什么事，但我真的拼过命，她不能抹杀我这二十年的苦苦挣扎。

我猛地坐起。“去昆明是往南，那先去南昌，顺路。”

青青一怔。“为什么？”

我说：“你不是觉得凡事都可计划吗？去南昌，你男朋友在南昌吧？”

青青说：“对。”

我说：“异地恋几年，还计划顺利，去南昌，让你看看生活的真相。”

青青从后视镜望着我，眼神奇奇怪怪，透着怜悯：“宋先生你不用跟我嘴硬，我们之间非常坦诚，没有所谓的真相。”

这种怜悯让我更生气了，无名火起。“我们打赌吧，如果跟你计划的不一样，以后别管我，好吗？我自己送小聚去昆明。”

青青说：“我赢了呢？”

我说：“你赢了，跟你计划一样的话，我老老实实写歌。”

青青笑了，抿抿嘴，说：“我这就改导航。”

4

四个多小时的车程，我几乎睡了全程，青青和小聚窃窃私语，半梦半醒中一句也听不清。驶入南昌市，我翻身而起提醒她：“你没提前打电话吧？”

青青摇头道：“既然打赌了，我不会占你便宜。”

青青熟门熟路，开进一个产业园区，停在办公楼前。她熄火推门，说：“我去找他。”

我说：“等下，我打你电话，你接通后别挂。”

青青眉头一挑，说：“监听？”

我说：“怕你作弊。”

青青哭笑不得。“至于吗？”她问了我号码，拨通后放进口袋，“满意了？”

我挥挥手，等她下车，小聚爬到后座，凑过小脸，跟我一起挤着死盯手机。信号有杂音，电梯“叮”的一下，无声十几秒，电梯又“叮”的一下，然后是青青不紧不慢的脚步声。

脚步声停，“闫笑文在吗？”估计她在问公司前台，传来年轻清脆的女声：“我们公司好像没有这个人。”

“不会，你查查。”

青青手指轻点口袋的声音，可能是她的习惯。

“小姐你好，真没有这个人。”

青青说话的语调带着诧异：“你是不是新来的？”

“也不算，到这家公司三个多月了。”

“麻烦你问下人事部，闫笑文肯定在这里工作。”

远去的脚步声很轻微，有节奏地敲击木头的声音，噔噔噔噔，她不敲口袋，改敲桌子了。

前台回来了。“您好，人事说确实有个叫闫笑文的员工，不过三个月前离职了。”

我和小聚震惊地对视，我开始后悔，真不应该和她斗气，我隐约有点担忧，似乎不得了的事情即将发生，而我是掀开笼罩真相幕布的人。

听筒安静数秒，前台问："还有什么能帮您的吗？"

轻不可闻一句："谢谢。"

脚步声比之前重，重重按电梯的声音，咔咔按。小聚瞪圆眼睛看着我，小小年纪也觉察不妙。"她要下来了！"

我也看她。"很生气的样子。"

"怎么办？她会不会气到要打人？"小聚钻到我胳膊底下，探出个小脑袋。

车门"砰"地被拉开，青青面色煞白，不发一言，启动面包车。

5

面包车灵活穿行，青青一改往日谨慎的驾驶风格，双手在方向盘上飞速搓动，搓得我的心一紧一紧。

我跟小聚大气不敢喘，瞟了眼青青侧脸，她正咬牙超车，与一辆白色小轿车互不相让，小轿车狂按喇叭，车主摇下车窗，开口一堆方言脏话。

青青趁机一踩油门，变道冲到前面。十几分钟后，车子停在某个小区门口，每栋楼的楼层不高，掩映在繁茂树木中。

小聚抓着我。“叔叔，我有些害怕，青青姐没事吧？”

我安抚她：“别怕，出事叔叔就报警。”

小聚说：“青青姐怎么半天不动？”

我说：“可能腿软。”

青青回头说：“你不是担心我作弊吗？一起去吧。”

我说：“你说怎么样就怎么样。”

上了五楼，青青掏出钥匙，迟疑一下，没有直接开门，按了门铃。我对她刮目相看，肃然起敬。这种时刻，能保持体面，送出不必要的尊重，至少我做不到。

门开了，我和小聚不约而同身子一绷，目不斜视。

“你怎么来了？”闫笑文的语气微微惊讶，然而举止随意，并不局促。我心想：“又是个狠人。”

他中等身高，穿着浅蓝卫衣，肚子微微鼓起，从他白净面庞上分辨不出情绪。青青背对我们，看不到她的眼神，只听得语气也很平常：“正好出差路过。”

闫笑文头一侧，冲我们努努嘴。“他们是？”

青青介绍道：“同事和他小孩，一块出差。”

闫笑文也不问出差作甚带着孩子，自然地敞开门。“那进来吧，先喝点水。”提了双浅咖色家居拖鞋，往前送送，“换鞋。”

青青若有所思地说：“以前你经常忘记换鞋，我每次都催，现在换成你催我了。”她没接，“进去方便吗？”

闫笑文挠挠头，说：“确实不方便。”

青青冷淡地说：“那就不进去了。”

我和小聚一听，缩回踏出的脚，唯青青命是从。她的右手放在背后，握紧拳头，指关节发白，我忍不住叹口气，被小聚警告地瞪了一眼。

她不进门，闫笑文更加松弛，沉吟着说：“他们可以回避吗？我有事跟你聊。”

青青扭头，却目光向下，并未望向我们，飞快地说：“你俩就在这里等我，很快。”

我跟小聚不由自主点头如捣蒜。

闫笑文想了想，我发现，他思考时的表情跟青青一模一样，几年感情，不知道是谁影响了谁。

他说：“你都知道了？”

她说：“只知道你辞职了。”

他说：“这样的生活不适合我，从工作到爱情，折磨了我很久。”

她说：“你觉得是折磨？”

他说：“确实，当然，我并不是抹杀我们的情感，它依然是宝贵的，值得怀念的。”

她说：“你有新女朋友了？”

他说：“是的。”

她说：“在里面吗？”

他点点头。

小聚下意识抓住我的手，我低头一看，她小脸紧张，目不转睛，屋内传来稀里哗啦的水声。

他说：“洗菜呢，准备做饭，我就不喊她了。”

她说：“她知道我吗？”

他说：“知道，一开始就知道，所以我很感激她。”

青青陷入沉默，我不明白，怎么这种时候，她居然落于下风，站得是挺稳，背后的拳头却剧烈颤抖，我听见她深吸一口气，似乎要把所有不该表露的情绪，全部吸回。

她说：“你应该直接告诉我的，为什么要拖？”

他说：“其实我早就打算跟你坦白，但你太忙了，找不到机会。”

她说：“这还要找机会？”

他说：“一旦跟你谈心，你不是开会就是出差，我特别彷徨。幸好你这次来了，不然我真的快承受不住了。”

她说：“听你的意思，问题出在我身上。”

他说：“我们都有问题，没有绝对的对错，不能全怪你。”

身旁扑通一声，小聚目瞪口呆，书包掉在地上。我赶紧捡起，抱歉意地对两人笑笑，示意打扰了。

闫笑文话语间终于带着一丝丝激动。

他说：“我懂你的感受，可是难道我不痛苦吗？你只需要考虑工作，我呢？既要考虑你，又要考虑她，谁来考虑我？我整夜整夜睡不着，这样下去，我是同时伤害三个人。既然伤害一定存在，那就选择伤害最小。”

她说：“你选择伤害我一个人？”

他说：“谢谢你的理解，她不一样，没有你坚强。”

这句话连我这个要自杀的人听了都呼吸困难。一方面觉得他很有道理，另一方面觉得在这个道理面前，大脑即将宕机。

她说：“行，我的东西呢？没扔吧？”

他说：“怎么可能，前一阵收拾好了，我给你拿过来。”

闫笑文拖来几个纸箱，折腾了三四分钟，我佩服厨房内的女人，竟一声不吭，特别沉得住气。闫笑文忙碌的过程中，小聚偷偷问：“他们不会打架哦？”

我抱起她，靠近她耳边小声说：“他们交班呢，就像照顾你的护士姐姐交班一样。”

小聚恍然大悟。“护士姐姐交接的是我，青青姐交接的是那个男的。”我深以为然，青青不像失恋，更像失业。

闫笑文做事还比较细致，箱子未封，看得出分门别类，一箱衣物，一箱生活用品，一箱琐碎杂物，他指着第三箱说：“你送我的礼物，不会落下什么的，还给你。”

青青弯腰，随手拨弄，围巾台灯钱包，剃须刀的包装盒都留着。

青青说：“你收拾得挺好，辛苦了。”

他说：“没事，不是我收的。”

青青上前一步，环顾屋内，我已经搞不懂她的语气是坦然接受的平淡，还是火山爆发前的沉寂，她说：“房子怎么办？”

他说：“你要的话，归你。我出的一半首付当作赔偿，贷款以后你自己还，可以吗？”

青青摇头：“我不要。”

他说：“那你不用赔偿我，贷款以后我自己还。”

青青沉默了，他的逻辑无懈可击，可是处处让人愤懑。

她说：“这套房我俩一块装修的，每件东西都是一块选的，颜色都是一块挑的，想不到转眼就跟我没关系了。”

他说：“及时止损，对大家都好。”

相恋几年，分手几分钟，青青再也找不到话，他对一切考虑周到，真的也了解她，细致缜密，青青哑口无言。

青青缓缓说：“没事了。”她缓缓转身，对着我，带上乞求的语调，“宋先生，麻烦你帮我搬下箱子吧。”

我明白，她的力气用光了。

青青离开的时候，身后传来闫笑文温和的鼓励：“青青，你好好的，你一定会更好，比我还好。”

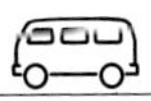

一无所有的时候，

说明你该拥有的，

还没到来。

第七章 轻轻的一个吻

1

青青站在路边，面容一丝变化都没有，如同雕塑，过了半晌说："不好意思久等了，我们出发。"

我主动往驾驶座走，被她拦住。"开车是我的工作，宋先生，我们先找个洗衣房，然后吃饭，吃完正好取衣服。你没带行李，找一家超市，买点必需品吧。对了，写歌的话，你需要乐器吗？"

不等我回答，她做出决定："你慢慢想，小聚你脸色不好，有哪里不舒服？"

小女孩陡然被问到，打了一个激灵，结结巴巴回答："没……没……没……没有。"

"不能放松警惕，我把沿途最近的医院列出来以防万一。宋先生你平时喝茶还是喝咖啡？噢对，你只喝酒，还有什么要注意的，我想想……”

太不正常了，比起沉默悲伤，这种若无其事更加恐怖，她想用大量的琐碎去填满脑子，不允许任何脑细胞去回忆。

我打断她：“难受避免不了，大家都是陌生人，萍水相逢，你不用掩饰，大大方方发泄出来，不丢脸。”

青青诧异道：“我为什么难受？你怕我因为分手影响工作？不存在的，我很平静，不需要发泄。”

但我看到她转动车钥匙的手在发抖，打了几次车都没打着。

我把小聚抱到后座，自己坐进副驾，拍拍青青的肩膀。“醒醒。”

青青触电一样避开我的手，立刻觉得不礼貌，说：“对不起对不起，我不是故意的。”她低头，继续转动车钥匙。

我说：“停下。”

青青配合地停下动作。“你看，我真的不会把情绪带进工作中。”

“心里痛吗？”

“不痛。”

“刚刚你其实忘记做一件事了。”

“什么，我记得自己该做的都做了。”

我叹口气，揉揉脸，模仿着闫笑文那股子发自肺腑的语气：“这一箱是你送我的礼物，现在还给你，我不欠你了。”

青青一震，死死盯着我。

我略微害怕，坚持着说下去：“你不好受，难道我就不痛苦了吗？与其伤害三个人，不如把伤害降低到最小。”

青青抿着嘴，目光开始出现杀气。

我咬咬牙，凑近她：“这叫及时止损，对大家都好，青青，加油，你坚强又能干，一定可以……”没等我讲完，“啪”，一个耳光结结实实抽在我脸上，疼得我“嗷”地叫出声，捂着脸“嘶嘶嘶”倒吸凉气。

青青反应过来，手忙脚乱，拿纸巾给我，想起纸巾没什么意义，又缩回去。“对不起对不起，宋先生对不起……”

我一只手捂着脸，说：“打得好，刚刚你忘记的，就是这件事，现在是不是舒服多了？”

青青不敢置信地望着我。“你只是想让我解解气？”

我说：“但我没想到你下手这么狠……脑瓜子嗡嗡的。”

青青愣了几秒钟，似乎找不到正确的情绪来应对，接着笑得前仰后合，年轻女孩不顾形象，一改平素的端庄干练，清秀的眉毛飞舞着。“你这人太奇怪了，本来我有点内疚，想想你之前还跟我斗嘴，顿时觉得你活该，哈哈哈哈……”

 2

在南昌市区买了点衣服，吃过晚饭，车子开到郊区的湖边，秋天的芦苇随风摆动，荡漾出风的形状，水面万点月光，闪烁着淡蓝色，像是星星被吹散了，飘落湖中。

小聚趴在车里不知道捣鼓啥，我和青青坐在湖边，她递给我啤酒，说：“今天不开车了，喝一点。”

我说：“都喝酒，车子怎么办？”

“一会儿你叫个代驾，我想回家。”她痛痛快快喝了一口，“这里是我跟他第一次相亲的地方。”

墨蓝云层，半圆明月，风温柔地拂过，我很久没有这么平静过了。

她直接坐在草地上，一口接着一口。我说：“要不你哭一场吧，何必憋着。”

青青摇头，示意我干杯。天穹辽阔，我也放弃安慰她，望着湖面出神，像绿宝石和月光共同酿的梦，从不诉说，永远寂寥。

手机铃声响起，青青接通，唯有风声的夜里，她手机内的话语清晰传来，是她的爸爸："青青，爸想问你件事……"

青青直接打断，心平气和地说："爸，我跟闫笑文分手了。"

对面沉默，我以为她爸爸会吃惊，结果他只是温和地说："早该分了，我跟你妈本来就不喜欢他，好事！"

青青说："爸，我想吃你灌的香肠。"

她爸爸说："明天就去菜场买肉，今年春节回家过年吗？"

青青说："这才几月份，就想着春节啦？"

她妈妈抢过手机："青青啊，分手是那个王八蛋的损失，咱不难过，他配不上你……"手机又被她爸爸抢走："女儿都没哭，你哭什么，好好说话！青青，你在哪里呢？"

青青说："我在南昌，一会儿回家。"

她爸爸妈妈一阵慌乱："那吃了没，快快，老头子你快去超市买点菜，快去啊，别赖着，闺女要回来了……"

月光湿漉漉地洒满青青面颊，流淌进她弯曲的嘴角，青青挂了电话，头靠在我肩膀上，说："能借你的肩膀五分钟吗？"

我坐得笔直。"借，反正不值钱。"

青青闭上眼睛，泪水滚落。"我太难过了，真的太难过了，这五年我多辛苦，每次加班我都跟自己说，青青，加油，贷款还清就结婚，结了婚别这么拼，和笑文一起生活，阳台摆满花，生个孩子，踏踏实实过日子，也不用大富大贵，每年旅行一次，幸幸福福……”

女孩抽泣的动静一开始并不大，她依然克制，逐渐无法克制，变成放声大哭。

“我太难过了，难过得想死，说没就没了，为什么要这样对我……下午其实我脑子一片空白，以前拼命是为了结婚，以后呢？我该怎么办，辛苦的时候，我怎么撑得下去……”

我轻声说：“你有爸爸妈妈，他们还在等你吃饭。”

女孩哭得肝肠寸断。“是啊，所以，我只哭五分钟，宋先生，我只允许自己哭五分钟，五分钟之后，我就好了。明天我还是会找你催歌，照顾小聚，好好工作……”

她在月亮下哭着，我支撑着一动不动，能说什么呢？哦，有东西说的：“你打赌都输了，还找我催歌？”

“我耍赖行不行？”

“你失恋你老大。”

“那就说定了。”

看着一边大哭，一边想着工作的女孩，我说：“你回家吧，我的意思是，我自己开车，带着小聚去昆明。你放个假，陪陪爸妈。陈岩那边，我替你解释。”

青青停止哭泣，眨巴眼睛。“那怎么行。”

我说：“可以的，给自己个机会缓缓，你不像我，我没有机会。”

青青彻底恢复了。“宋先生，我依然不同意你的观点。什么叫没有机会，你说命运注定，挣扎没用，可我认为，命运怎么安排是它的事，我有我的安排。是啊，我失恋了，这只能让我哭五分钟，我还有未来。”

我点了根烟，说：“说明你没经历过绝望啊，彻头彻尾的绝望，活在乌云里，自己看得清清楚楚，乌云不会散，就这么一直包裹着，连呼吸的机会都不给。”

青青扭头，认真看着我，认真地说：“宋先生，我不知道在你身上发生了什么，即使我问，你也不会说，因为我帮不到你。但是，宋先生你真的确定，你完全知道自己的未来怎么样吗？”

我点点头，无比胸闷。我羡慕她，有足够的后盾，哪怕心如死灰，也只哭五分钟，不远处有个家，灯火温暖明亮，亲人等待着她。

青青突然贴上来，猝不及防，她在我脸上轻轻亲了一下，凉而轻盈，像飞鸟的翅膀擦过云朵。

她退开，得意地微笑，眼睛弯弯的。“你别误会，你看，至少一分钟前，你根本不知道会有这个吻。一无所有的时候，说明你该拥有的，还没到来。”

我呆呆望着湖面，青青离开，都没察觉。

3

我和小聚找了家酒店凑合一晚，清晨开车去了青青家，把面包车里的箱子搬进去。青青终归听了劝，决定休假。

我上车之际，青青追赶出来。“宋先生，这把吉他送给你，希望对你写歌有用。”

除了吉他，她还转了点钱给我，说她可以报销，怕我路上连油都加不起。

后视镜里，青青挥手的身影越来越小，这是段奇特的经历，像一截不属于我的零件，安装了，又匆匆卸载。

即将驶出南昌，想了想，开回头，开进闫笑文住的小区。小聚惊奇地问：“叔叔，我们怎么到这里了？”

早上八点整，大妈大爷健身跳舞，年轻人匆忙上班。我带着小聚鬼鬼祟祟，坐电梯，按门铃。“小聚你盯着点，真打起来你先跑。”

小聚压低嗓门，激动地指着门。“来了来了！有脚步声！”

门打开，我低头说：“闫笑文，有快递。”

他下意识地问：“在哪儿？”话音未落，我胳膊抡圆，朝他脸猛抽过去。“哐当！”耳光势大力沉，闫笑文踉踉跄跄，跌倒后撞翻门旁垃圾桶。

我咧嘴一笑。[illegible]快递。”

他晃晃脑袋，扶墙站起来，皱起眉头，说：“你不是青青同事吗？她让你来的？”

我说：“自发的，你报警也行。”

闫笑文摇摇头。“算了，我理解，但我没打算要她理解我。”他吐口口水，带着血丝，“半年前，我请假去广州找她，因为那天我生日，她是没有空找我的。结果我刚落地，收到微信消息，她临时出差，飞去了长沙。我回复说没关系，可独自住在广州的酒店，想不明白自己为什么要来。从那天开始，我发现一件事，只要我不发微信，她就不会主动发给我。她也许太忙，也许不在乎。我就试着也不发早安晚安了，她果然没有发觉，整整一周，我们之间毫无联系，音信全无。”

他自嘲地笑笑。“对，互相体谅的话，应该怪我。既然她最重要的是工作，顾不上维系感情，那我就应该多付出一些，更卑微一些。可我很受伤，也不愿意继续受伤，于是刻意每天不再想她，想念一个不在乎你的人的滋味，你懂吗？”

我愣愣的，因为心血来潮的举动，却不小心走进森林，树洞内埋藏着无法分辨对错的秘密。

闫笑文擦擦眼角，说：“一个月后，我成功了，能安心睡觉了，不必抱着手机像傻子一样等待。再后来，挺幸运的，遇见了在乎我的人。跟你说这些，不是要你转达给青青，就是憋太久，被你打了个耳光，活活打出来了。”

下电梯时，小聚拽拽我。“叔叔，我没听明白他说的话。”

我说：“我也不明白。”

每个人无法喘气的日子，只有自己知道。暴雨倾盆，望不见来时的路，沿途亲手种植的海棠花全部凋零。

他们还可以向前走，水迹会被阳光晒干，种子随风飘往四方，努努力，幸福触手可及。

我羡慕这一切。可以停的雨，应该来的光，脚下照常生长的路。

如果我离开你了，你会找我吗？

会的。

第八章 婚纱，摩托，天地之间

1

农忙时节，省道边金澄澄的大片水稻田，也有几块地收割完毕，割稻机静伫一旁。

村庄上空烟雾袅绕，空气中浮动着焚烧稻草的味道，偶尔飘来炝辣椒与猪油的香气，和呼啸而过的货车对比，田野小村显得无比岁月静好。

我按地图，在山腰找到空地，把车停下，从车顶拉出遮阳篷，支起折叠桌椅和瓦斯炉，决定凑合做一顿晚饭。夜色沉暮，山脊上的面包车灯火通明，像个水晶玩具。

小聚吹着风，对着手机唠唠叨叨，估摸又是她的直播时间。

我给她熬了燕麦粥，她举着手机跑过来。“叔叔，快跟我的粉丝打个招呼。”

我瞥了一眼，也有点好奇，凑过去一看，小聚的直播间有两个粉丝，画面内的我头发凌乱，嘴唇眼睛的伤口还未痊愈，十分狼狈。

我赶紧理理头发，招手道：“大家好。”

页面下方一条弹幕：“小聚，这是你爷爷吗？”

我差点把燕麦粥往手机上泼。“什么爷爷，我是她叔叔。”

小聚打圆场：“叔叔，你说点有用的。”

我挠挠头，说：“大家好，吃饭了没？没吃就散了吧。”

直播间显示：水里哭泣的鱼已经离开。

小聚气急败坏滚倒在地耍赖。“我好不容易弄到点粉丝，你还赶跑一个！”

我失去兴趣。“先吃饭吧，别吵吵了。”

直播间显示：无能小鬼已经进入。

小聚一骨碌爬起身。“又来一个！叔叔，你不许再赶人了！”

无能小鬼：“这个直播间干啥的？”

小聚连忙回答：“亲，欢迎你，你能不能给我们刷个火箭？”

无能小鬼说：“啥也不干就让我刷火箭？”

小聚指着我说：“注意，我叔叔，你知道大歌星陈岩吗？陈岩都求着他写歌呢！”我一甩手，打算再煮一碗泡面，听到小聚继续吹牛：“你别不信，我读给你听听。”

小聚摸出一张纸，磕磕巴巴地朗诵：“遇见你，就像跋山涉水遇见一轮月亮，以后天黑心伤，就问那天借一点月光……”

我猛地跳过去，抢下字条，怒吼：“破小孩，怎么偷我东西！”

小聚丝毫无惧，张嘴傻笑道：“叔叔，他嘲笑你。”

我一看，小聚手机的直播间页面，多出一条弹幕：“啥玩意，矫情，酸不拉叽的。”

我冲着手机喊：“听不懂拉倒，陈岩就是找我写歌了，怎么了吧？”

无能小鬼：“那你倒是唱啊，光说不练。”

另一个粉丝也发话了，蹦跶阎罗：“那你倒是唱啊，光说不练 +1。”

最近我变得暴躁，一点就着，这是从来没有过的事情。我用手指对着屏幕戳戳，意思你们等着，找到青青送的那把吉他，突然又紧张起来。

无边树浪起伏，我闭上眼睛，准备弹第一个音符。手机丁零当啷，睁眼一看，直播间涌进七八个人。小聚愕然，说：“蹦跶阎罗、飞天大佬、青面獠牙依然温柔……你们是亲戚吗？名字都这么奇怪……”

无能小鬼发言：“这些都是我的同事，我们在鬼屋工作。”

飞天大佬表达不满：“啰里啰唆的，行不行啊，我要听歌。”

酝酿了一点情绪，被他们吵得一哄而散，我架起吉他，说：“安静。”

弹幕呼啦啦：“我们发的弹幕，又没说话，安静什么，你这个人智商堪忧。”

手指滑过，拨动和弦，“吭吭吭……昂！”忘记校正吉他音准，怪异地响起一串破音。

直播间寂静片刻，弹幕乱飞。

无能小鬼：“……”

飞天大佬：“……”

蹦跶阎罗：“！！！！！”

青面獠牙依然温柔：“哈哈哈哈，吓老子一跳，弹的什么鬼。”

无能小鬼刷出鲜艳的红字：“小妹妹，你爹扑街了，找个厂子上班吧。”

屈辱时刻，小聚竟然是笑得最厉害的那个：“哈哈哈哈，太难听了，叔叔你会不会弹吉他？”

我吐出一口气，拧好弦，重新开始。前奏烂熟于心，音符从记忆中蜂拥而出，穿行在风间，林间，旷无人烟的夜间。

从第一个音符开始，十年的时光隧道悠扬打开，回忆不停旋转。我仿佛站在大学的音乐台上，对着孤独演奏，而在角落，单薄的女孩子躲在阴影中，用亮晶晶的眼睛凝视我。

歌只有一半，戛然而止，“砰”的一声，直播间炸起一艘火箭。无能小鬼：“我有点相信你们的话了，真的好听。”

蹦跶阎罗：“我丢，怎么哭了……”

无能小鬼：“我们要上夜班了，明天再来。”

小聚欢天喜地，继续她粉丝寥寥无几的直播。我收起吉他，沉默许久。

面包车储物箱有顶简易帐篷，可以省点住宿费。我熟练搭好，两人躲进帐篷。小聚喝着一碗西洋菜猪肉汤，额头布满细汗。“叔叔，我发现你的优点越来越多了，心肠好，讲义气，会弹琴，做菜还这么好吃，除了打架每次都输，简直十全十美。”

“少拍马屁，吃完睡觉！”我给她铺平睡袋。

小聚说：“叔叔你是不是开饭馆的？”

我说：“对对对。”

小聚说：“我看一个节目，里头有人做了个天空蛋，好漂亮的，你会做不？”

我说：“什么鬼蛋，不会。”

小聚说：“就是剥开蛋壳，鸡蛋藏着小小的天空，蓝色的，里面还飘着白云，底下一层沙滩，可美了。”

我翻了翻行李袋，掏出一枚乌漆麻黑的球递给她，说：“给，天空蛋。”

小聚震惊地说：“你吹什么牛，这不是皮蛋吗？”

我说：“你剥开来，不能碰碎一点点，完整剥好，就会变成天空蛋。”

小聚半信半疑，开始带着憧憬剥皮蛋，我趁机干活，固定帐篷插地的钢绳。刚拧完最后一个螺丝，小聚发出一声惨叫。

我回头看，她双手颤巍巍地托着黑球。“这不就是皮蛋吗？啊？你倒是变成天空啊？啊？”

我说：“你懂什么，这叫五雷轰顶的天空。”

话音未落，风越来越大，吹得腈纶布啪啦作响。青黑云层薄薄铺满天空，空气潮湿，我心一沉。“糟糕，真的要下雨。”

小聚钻进睡袋，说："叔叔，以后你要是学会了做天空蛋，给我做一个好不好？"

我说："马上都快五雷轰顶了，还天空什么蛋。"

小聚说："万一以后你学会了呢。"

我说："行吧。"

小聚在睡袋里扭来扭去，脆脆地说："叔叔，你这么好，我们做个约定吧。"

我点着根烟，手掌伸平，试探雨水，应付地说："什么约定？"

小聚眨巴眨巴眼睛："从今天起，我们忘记所有不开心的事情，我忘记生病，你忘记难过，好不好？"

烟头忽明忽暗，我烦躁地说："怎么可能，真实存在的，忘记有什么意义。"

小聚拱啊拱的，拱到我身旁。"至少会变得高兴一点。"

我说："高兴不起来。"

小聚说："所以要约好，你看，我就经常忘记自己快死了。"

我心烦意乱，扔掉烟头。"你烦不烦，我为什么要跟你约好。"

小聚爬出睡袋，盘着双腿，坐我对面，大声喊："因为我不想看到你动不动板着脸，不想看到你喝酒，喝着喝着哭鼻子，我不想看到你难过！”

我避开她的目光。“小聚，别闹了。”

小女孩摇头。“你是好人，应该活得开心点。叔叔，你看我，只有几个月可以活，可我还是会想着长大，认识很多人，去很多地方，不然亏大了。我直播都录下来，哪怕将来一下子死掉，但这些日子我都录着，是我的宝贝。我这么点大，都在努力过好每一天，你为什么不能呢？”

雨点砸下来了，没有过渡，瞬息变成暴雨，帐篷被砸得东倒西歪，温度骤然下降。我拔出钢钎，冒雨收帐篷，喊她：“快去车上！”

小聚固执地站在雨里，转眼头发湿透，脸上全是水珠，喊：“叔叔，我们约定好了，我再上车。”

我抄起一件衣服，撑她头顶。“胡闹要有个限度，我数到三，你给我上车。”

小聚倔强地望着我，雨水从她刘海滴下，她咬着嘴唇，眼睛通红，一声不吭。“哗啦”，帐篷塌了。

小聚伸出小手，冲我张开着。“叔叔，你答应我。”

我烦不胜烦。“不上车是吧？随你，真受够了。”我转身，心里发誓，她再折腾，立刻抱起来丢到车里。

“叔叔！”小聚喊，“你试一试，我知道大人有心事，小孩不懂的，但我们是兄弟啊！”

我抹一把脸。“你上不上车？”

小聚一步不退，站在暴雨中。“我不上。”

我血液涌上脑门，冲她咆哮：“想找死？你这个破身体，淋雨感冒会肺炎，你也知道自己就剩几个月，再来个肺炎，几天都活不了！快过来！”

小聚嘴巴一扁，接着大哭，边哭边喊：“我不过来！你答应我，忘记那些事情，哪怕只有几天也好。我是活不了多久，我就拿剩下的几天，跟你换还不行吗！”

雨水扑上我的脸，眼泪跟着流。这小破孩简直放屁，说的一派胡言，她的生命比我宝贵得多，不值得在我身上浪费。

小女孩伸着手求我，雨中奋力睁大眼睛。“叔叔，你可以活很久很久，等我死了，你还可以活很久很久，你答应我，就几天，好不好？”

如果我有女儿，我希望她就是小聚。我希望自己碾压成泥的生命中，能得到机会生出这样动人无瑕的花朵。

“我答应你。”

我紧紧抱住她，冲进面包车，心脏绞痛，空调打到最热，用光所有毛巾，总算把她擦干，再翻出被子裹住她。

小聚丝毫不觉得危险，笑嘻嘻的，一脸满足地说：“叔叔你答应了，那接下来几天，你就要把不开心的事情忘掉。”

我说：“好。”

车外雨声激烈，击打车顶，小聚呼吸细而均匀，终于睡着。我探探她额头，体温正常，应该没事。

山中暴雨来得快去得快，蓦然之间停了，只余零星雨点拍击车窗。小聚翻个身，小声嘀咕：“我想妈妈了。”

我说：“那我们明天回南京。”

小聚明明困得睁不开眼睛，依然一脸坚定地说：“不行，不能回去，我的事情还没办完，我得坚持。”

2

省道开了两天，走走停停，入了贵州界。小聚动不动直播，跟那几个粉丝嘀嘀咕咕，似乎交下了深厚的友谊。

压抑已经成为习惯，如同伤口层层叠叠的血痂，撕开粘着血肉。小聚的约定只能让我偶尔不去回想，尝试着不管不顾，找点乐子。她说的也有道理，都快死了，哭丧着脸没意义。

导航出了偏差，一不留神拐错，出了高速。等到发现问题，前方变成土路。我研究了一会儿路线，发现掉头找高速，不如直接向前，路程还短一点。

远山白云，天空纯净，风景挺好，可惜土路凹凸不平，忽宽忽窄，一颠一颠的。小聚举起手机说："叔叔，无能小鬼留言骂你，说你太懒了，就弹了一次。"

我说："帮我骂回去，他根本不懂天才的魄力。天才不但能随随便便成功，还能随随便便放弃。"

小聚打字缓慢，无能小鬼又留了言，她大声朗读："废物。叔叔，他骂你废物。"

我抢过手机，边开车边单手飞快打字："尽管你算我的伯乐，但没有侮辱我的资格……"

"叔叔！"小聚惊叫起来。这糟糕的土路左高右低，我没在意，方向盘一偏，面包车冲向路边的泥沟。

我猛踩刹车，大叫："抱——"头字尚未出口，面包车"咚"地掉进泥沟。幸好泥沟不深，车头栽进去，半截耷拉在路沿。

一大一小两只泥猴缓缓站起，慢慢爬上路沿。

我尝试推了推，小聚装模作样搭了把手，明确了一件事：凭我们的力量，车子是推不上去的。两人蹲在路边，阳光普照，泥巴都晒干了，轻轻一动窸窸窣窣掉泥豆。小聚沮丧地问："叔叔，会有人帮忙吗？"

远处传来轰鸣声，一辆摩托车嚣张地开近，我早就站起来，激动地挥手。车手一停，摘下头盔，是名二十来岁的女孩，碎花袖套，牛仔裤，长筒雨靴，村妇打扮，跟刚从地里扒完花生出来似的。

我说："妹子，你看，能不能……"

村姑说："不能，我有急事，天黑前得到镇上，你等后头车吧。"估计我的形象太丑陋，她仰天长笑，戴上头盔拧了油门就跑，还背对我们挥手。

她挥了几下，土路太颠，单手握把没稳住，迎来和我们相同的遭遇——摩托车晃了几下，摇摇摆摆，咕咚，栽进泥沟。

小聚震惊地问："姐姐咋了？"

我说："得意忘形。"

村姑爬出泥沟，吭哧吭哧拉摩托车，又扛又拔，车子上去滑下来，上去滑下来，我和小聚站在旁边看得津津有味。

村姑脚一趔趄，再次栽进泥沟。我忍不住捧腹大笑，小聚也跟着我狂笑，两人完全忘记自己刚才也一样狼狈。村姑从淤泥里拔出一只雨靴，直直向我掷来，擦着我的脑袋飞过。

我不敢笑了。“咱们同病相怜，互相帮把手吧。”

费尽力气，和她一块拖出摩托车，再用绳索挂住面包车，将面包车拽出来。倒腾完筋疲力尽，晚霞飞扬天边，几近黄昏。

村姑叫田美花，大学毕业归乡支教。她利索地扯下绳索，抛还给我，搞得我有些歉疚。“去镇上我请你吃饭吧。”

美花跨上摩托车，回头说：“我要来不及了，有缘再见。”她一拧油门，风驰电掣而去，潇洒自如。

面包车这下开起来更加艰难，三公里开了一个小时，频频熄火。两个泥猴面无表情，任随命运无情捉弄。幸亏刚抵小镇，迎面就有一家修车铺。

“哥，附近有能住的地方吗？”我给老板递了根烟。

老板说：“小镇就一条街，你走个几分钟，有几家旅馆。”

车搁铺子，明天再取，徒步找了家旅馆，赶紧把小聚丢进卫生间，让她自己好好冲洗，不一会儿卫生间溢出了泥汤子。我边看电视边等她，无聊地刷了刷朋友圈，刷到一个朋友正参加婚礼。

心猛地一跳，没看清究竟是谁的婚礼，就把手机关闭。

小聚换上青青在南昌买的童装，屁颠屁颠跑出来，说："叔叔，轮到你了。"

我刚要走进卫生间，电视新闻里就吵吵起来，女大学生坠楼自尽。她的朋友接受记者采访，伤心地说："我怎么都想不到她会这样，平时挺好的啊，前几天还一块看电影，她说要吃炸鸡，我给她买的。她到底出什么事了……"

她的母亲伤心欲绝，反复念叨着女儿的名字，说："她很乖，喜欢帮助别人，都夸她懂事啊，从来不跟人急眼，都夸她好孩子，你走了让妈妈怎么办……"

主持人陈述，沉痛表示女孩遗物包含抗抑郁药品，生前却无人察觉。小聚呆呆地问："叔叔，为什么人会想要自杀呢？"

"我不知道。"

"那为什么大家不帮帮她？"

我想了想，说："一个人内心有裂痕的时候，都是静悄悄的，这个世界没人能察觉。只有当他砰的一声碎开，大家才会听到。”

小女孩似乎听懂了，说：“死了才会被听到啊？那我马上就，砰的一声了。”她嘴巴喊着“砰”，咕咚摔到地上：“叔叔，我砰了。”

“砰你个头。”我一把拉起她，“去看电视，我冲澡。”

冲完澡我筋疲力尽，倒头睡着。半夜惊醒，小聚在我隔壁床，小女孩眼睛亮亮的，居然还没睡。

我打起精神问：“药吃了没？”

小聚点头。

我说：“那怎么还不睡。”

小聚的眼睛更亮了，亮得有涟漪闪烁。“叔叔，我听得到的。”她翻身趴着，双手托腮，说，“碎开的声音，我听得到的，所以，你不要砰，好不好？”

我无法回答，沉默一会儿，说：“快睡觉，明天还要赶路。”

小聚沉睡过去。我睁眼到天亮，窗帘缝隙漏出稍许的光。我平躺着，双唇从闭到开，喷一口微弱的气息，小声说：“砰。”

3

正午的小镇热闹非凡，走出小旅馆，相邻各家店铺门口都在播放舞曲。舞曲统统过时，外加电动喇叭炸裂的售卖声："全部两块，全部两块，只限今天，全部两块！"

小聚东张西望，溜溜球一样转着圈逛，蹲在一个杂货铺前不走了。我凑近一看，她端起一盆乒乓球大小的仙人掌，问我："叔叔，你能给我买这个吗？"

我没有断然拒绝，仰着下巴说："请说出你的理由。"

小聚说："我看过一本动画书，上面写仙人掌很厉害，无论什么环境，都能活下去。我想把它带在身边，一起活下去，一起长大。"

仙人掌圆不溜丢，茸茸的刺，其实通体柔软的白毛，跟小聚挺像，我说："好。"

小聚收到礼物，蹦蹦跳跳，其他摊位也不逛了，结果前方传来吵闹声。我们绕过围观人群，小聚皱皱眉头，拉住我说："叔叔，声音好熟悉。"

我抱起小聚，让她坐在我脖子上，她开始实时汇报：“叔叔那个是婚纱店，几个大男人在打人……叔叔！他们打的是美花姐！”

我奋力往人堆里挤，田美花比掉入泥沟时更加狼狈，摔倒在地，满身是土，拼命哭叫，被婚纱店员工又踢又踹。我冲上去推开那些人，刚要理论，他们自己停了手，老板模样的人说：“还抢东西，大家都帮忙看着这小偷啊，我报警。”

我拦住他，说：“有事好商量，这是我朋友，具体什么情况。”

老板说：“她啊，进店里说要买婚纱，看中一件，还装腔作势问价格。问完了又说要试，就让她去试呗，结果趁着没人注意，抱起婚纱就往外跑，我们差点没反应过来。看着挺老实的，怎么了，买不起就抢啊。”他转身走到店门口，从地上捡起一件婚纱，对我说：“行，你是她朋友，这件新的，弄得全是灰，这还让我怎么卖。”

田美花哭着喊：“我付钱了，钱放你们柜台了！”

老板一愣，让店员进去看看。我先扶起美花，她哭得上气不接下气，我问：“既然付钱了，你为什么要抢了就跑？”

美花只哭不说话，店员拿着一沓钱出来，说：“还真留了。”老板狐疑地望了美花一眼，拿起钱清点，三两下点完，说：“差四百块。”

我松了口气，只差四百块，那管这个闲事还在我能力范围之内。我掏出四百块钱，递给老板，说："买了，她都被你们打成这样，也别报警了，行吗？"

老板点点头，围观人群没热闹可看，一哄而散。我把婚纱交给田美花，说："先去洗把脸，没事了。"

我们回到旅馆，田美花洗脸，小聚偷偷摸摸说："叔叔，这下我们更穷了。"

田美花抱着婚纱，对我鞠了个躬。"谢谢你，我真的没办法了，镇上不认识人，打电话也没借到，就差四百块，我心想以后有钱了再还给老板的……"

我头疼地说："那你可以先回去，不就四百块吗，搞到了再来呀。"

田美花说："我担心来不及，我得赶紧结婚。"

我说："结婚有什么来不来得及的，那你男朋友呢？"

田美花支支吾吾，憋出一句："他还没同意。"

我和小聚互望一眼，觉得脑子一团糨糊。田美花继续解释："我一定要嫁给他，不管他同不同意。"

我说："这个没法硬来吧？"

田美花犹豫一会儿，从背包夹层翻出一张旧报纸，塑料薄膜包着，宝贝一样。她小心翼翼递给我，指着上面一篇文章，说："你看。"

2007年的报纸，记者走访了贵州山村一所小学。整所小学一共三十七名学生，一个老师。老师名叫李树，大学毕业后执意回到故乡，成为乡村教师。记者采访那年，已经是他坚持的第七个年头。村里医疗条件差，李树身体不好，记者抵达时，他刚从镇上卫生所开药回来。记者问他最需要什么，他说学习用品。

报道篇幅不长，我心想，他一定很孤独。

我问田美花："你要跟他结婚，但人家没同意？"

田美花说："不是没同意，是他不知道。"

我沉默了，觉得无法沟通。田美花的脑回路过于特别，小聚嘴巴都张大了。田美花收好报纸，说："我就是那个班上的学生，有件事我记得特别清楚。四年级的时候，李老师的女朋友来村里找他。他们站在教室外头，聊了很久，两个人都哭了。后来他女朋友走了，李老师生了场大病，村里大人都说，不能耽搁了李老师，就把小孩从学校领走，不许继续念书了。"

田美花说着眼泪又下来了。"李老师一家一家走过去，一个小孩一个小孩带回学校，他说自己是这个村的人，从小吃百家饭长大，没人欠他，是他欠大家。这辈子就算不讨老婆，也要让村里孩子都念上书。他生着病啊，咳得让人害怕，跟村里人发火，说只要孩子们将来能走出去，比什么都强。”

我和小聚静静听着，田美花擦了擦眼泪。“第二天早上，李老师一边咳嗽一边走进教室。他好瘦好瘦，当时我们都哭了，一起站起来，对着李老师喊：‘李老师，我们嫁给你。’”

田美花的叙述很简单，可我脑海里呈现出了一幅幅画面，让我知道这个世界是存在着伟大的。我不知道需要多坚定的信仰，才可以让一个人将自己燃烧得干净透彻。

“这两年李老师住过三次院，前几天他说，不治了，治不好了，要回村子。我们把他接回来，他一直躺着，每天只喝点汤。他睡着的时候，我听到他小声喊：‘乐宜对不起，乐宜对不起。’我想，二十年了啊，李老师还是忘不掉那个叫乐宜的女生。”

“李老师凭什么讨不到老婆，我要嫁给他！”田美花抱起婚纱，再次对我们鞠了一躬：“谢谢你，留个电话给我，以后还你钱。”

我说：“不用不用，真的不用。”

田美花摇头道：“要还的，我得回去了，你们相信我，我一定会还的。”

我说：“你车停哪儿，我送送你。”

4

小镇路口，田美花蹲下，从包里翻出一捧花生，揣进小聚怀里。小聚说：“美花姐姐，你结婚的话，能不能告诉我一声，我想去参加你的婚礼。”

田美花说：“好啊，那你一定要来。”

小聚说：“你穿这件婚纱一定非常非常好看！”

田美花一拍脑门，从鼓鼓囊囊的塑料袋里拿出婚纱。“我现在就穿给你看！”

小聚和我对视一下，从双方眼神里都读出了惊愕。我试图阻拦：“不用了不用了，光天化日之下，你换什么衣服……”

田美花瞥我一眼，直接把婚纱往身上套，上半截十分烦琐，套不上，她想了想，抬腿套进下半截，不伦不类地转个圈，问：“怎么样？”

小聚咽了口口水，说：“相当美丽。”

田美花一提裙摆，跨上摩托车，戴好头盔，对着呆滞的我俩说：“让你们知道，什么叫不但美丽，而且帅气。”

我说："你别这样，万一剐到树枝啥的，剐坏了怎么办……"

田美花一拧油门，嗓门比摩托车的轰鸣声还大："我过个瘾，骑过前面那个山头就脱下来，放心好了。"

她猛地蹿出去，风中飘来一句："再见啦，小聚我等你。"

我和小聚一阵伤感，视线中远去的摩托车掉了个头，轰隆隆开回来，嘎吱停在我俩面前，小聚挥动的手都没放下来。

田美花说："那个，我要开一百多公里，路上可能没钱加油……"

我默默递给她两百块钱。

这次她真的走了，山间的秋日正午，清脆透明。村姑田美花穿着半截婚纱，裙摆拉起一蓬白浪，骑着摩托车一路飞驰。

5

我没取到车。小镇车行老板秦铁手，修车三十余年，见过各种车型，对着我的面包车时，却陷入沉思。这辆车的每个零件都在垂死挣扎，修是能修，无从下手。

“叔叔，他是不是睡着了？”小聚问。这位姓秦的老大爷钻进车底，一动不动半天了，终于滑出来，说：“明天嘛，明天肯定可以。”

于是我俩又得在小镇待着。吃了碗酸辣汤，浑浑噩噩睡了半天，晚上睡不着了。小聚床头摆着那盆小小的仙人掌，我轻手轻脚走出房间，走进旅馆背后的树林。

月亮很大，天很高，云很淡，我一直走到树林边际，小河哗啦啦流淌，我看着自己的倒影，心里响起一个声音。

如果我离开你了，你会找我吗？

会的。

我想去世界的尽头，那里有一座灯塔，只要能走到灯塔下面，就会忘记经历过的苦难。你去那里找我吧，到了那里，你就忘记我了。

好的。

我谁也找不到，哪里都去不了。我不想麻烦别人，不想永远愧疚，我没办法控制，胸口要炸开了，就是不停哆嗦，喘不上气，嘴巴开开合合，说的什么自己都听不清。

遥远的小饭馆二楼，我住的房间阴暗潮湿，除了床、写字台和衣柜，没有其他家具。密密麻麻的“对不起”写满了三面墙。

因为这样的夜，无数次了。

她是乌云中最后一缕光，

牢狱里最后一把钥匙，

我伸手穿过头顶河水，

抓到的最后一根稻草。

第九章 遗书

我叫宋一鲤，1995 年出生于南京燕子巷。母亲赵英，是一名缝纫工，父亲宋北桥，技校毕业找不到工作，结婚后用两家积蓄开了个小饭馆。

缝纫机的嗒嗒嗒声充满童年，不管我何时醒来，灯总是亮着。母亲揉揉眼睛，过来拍着我的后背，哄我睡着。夜的墨色稍淡，父亲便接替母亲忙碌，双手沾满面粉，在逐渐亮起的天光中垂下静默的影子。

他们交错的时光很少，大半也用来争吵。五岁那年，酷夏炎炎，母亲不舍得开空调，用凉水冰了西瓜给我吃。父亲打落了我的西瓜，他们吼着我听不懂的话，从屋里推搡到门外，母亲跌倒了，用脚踢父亲。

那时我没有玩具，每天看很多电视，学着电视中的样子，跪下说："你们不要互相折磨了。"五岁的小孩说这话很离谱，父母太过诧异，但没有改变他们的关系。

六岁那年，母亲卖掉缝纫机，开始凌晨和面。她说，父亲不会再回来。

“宋一鲤，你记住，以后你就没有爸爸了。别哭，妈妈就算拼了这条命，也会让你好好的。”

母亲说到做到。饭馆没生意，她就给小厂装灯泡，玻璃屑卡满指缝，用绣花针挑。电动车坏了，她能扛着五十斤的大米回家，肩膀磨破一层皮。

七岁那年，家里电话响起，父亲老家打来的。“宋北桥去世了，让他儿子来磕个头。”

我的童年和少年时代，就是望着母亲无休止地辛劳。母亲经常夸我懂事，因为我除开学习时间，都在帮她劳作。母亲也经常骂我，因为我学习并不优秀。巷子里的小孩不跟我玩，学校的同学天天捉弄我，我不敢告诉母亲。某些深夜，我能听到她在厨房不停骂人，我偷偷摸过去看，发现她是对着空气骂，披头散发，边骂边哭。

别人怎么对我，我不在乎，我就笑，笑着笑着他们就害怕了。

到了大学，林艺融化了我心中一块冰。我明白自己其实很脆弱，需要一层层保护膜，才能让幼时一直流血的伤口不被暴露。即便睡在宿舍，半夜也会以为自己醒了，睁眼看见饭馆二楼的小房间，一个小孩躲在墙角的阴暗里，血淋淋的。

大学毕业，林艺第一次见我母亲。林艺带了专柜买的护肤品，妈妈不舍得用，放进床头柜抽屉里。我们结婚当天，她小心打开抽屉，旋开瓶子，涂抹到脸上。婚礼没有任何宾客，就是在小饭馆里摆好一桌酒菜，我们对着母亲磕了三个响头。母亲从收藏几十年的小盒子里，取出几份金件，说让我明天找个金店卖了，换个钻戒给林艺。新娘子，要有婚戒的。

母亲回房睡觉。半夜我们坐在门槛上，巷子深幽，灯牌照亮她的面容。我们坐了整晚，我看到新娘子眼角的泪水，而自己是沉默的新郎。

结婚半年，五十岁的母亲突发脑出血。抢救只保住了母亲的性命，她的脑子坏了，几乎什么都不记得，同一句话说好几遍。母亲走丢过一次，我和林艺满大街找了她一整天，最后接到警察的通知去领人。她摔进三公里外的河沟，被人救上来，她只会喊着我的名字，警察查户籍联系到我。

母亲偶尔清醒，但更加令人担忧。一天我下班回家，发现她在煮面，手抓着面条僵住不动，再晚一些，她的手就要伸进开水中了。

我放弃收入不高的工作，回家接手小饭馆，生意再差，至少可以照顾到母亲。辞职那天，林艺哭了，说她一起帮我吧，我一个人根本没法撑下去。

我更拼命地工作，开面包车进货拉原料，林艺坐后头，母亲坐副驾。每当风雨交加，母亲听着雨点敲击车窗，会很安静，跟我小时候一样。

一次顾客退了道菜，不想浪费，我拿来自己吃。林艺不肯吃，我没问为什么，她突然哭泣，原来母亲昨夜失禁，林艺洗掉床单，却恶心得吃不下东西。

她绝望地问："宋一鲤，是不是这辈子就这样了？"

母亲坐在收银台后，她习惯的位置，朝外看着暮色。

林艺走了，离开了这个家，十三个月，每个月月底发一条微信给我："我们离婚吧。"

她走后没多久，母亲翻出个铁盒子，成日不撒手，睡觉都抱着。有时夜里去看她，她摩挲着铁盒，喊她睡觉，她嘿嘿地笑。

半年前，我接到电话，要份外卖。我想一笔生意也是生意，再说正好有车，就答应了。母亲依然坐副驾，我替她系好安全带。母亲时而邋遢，时而干净，这天她穿着最喜欢的缎面小袄，头发也梳得整齐。

外卖送到另一街区，我停好车，叮嘱母亲在车上等我。她仿佛听懂了，抱着铁盒嘿嘿傻笑。我帮她顺顺鬓角，她突然拉住我，深深地看了我一眼。

我没在意，还哄她："我很快回来，一会儿去找你儿媳妇，好不好？"

她松开了我。

客户住的老小区二楼，防盗门用绿纱糊着，应该有些年头，好几处都磨破了。门铃按过好一会儿，才听到拖鞋踢踏过来的声音，屋里的人边走边吵。

"又点外卖，你不知道外面的东西有多脏！"

"我就爱吃脏的！"

一个女孩开门，戴着渔夫帽，热裤下一双白亮长腿，她说："上次去你家店里吃过，鸭舌真的不错。"

我礼貌地递上外卖，道了声谢。3 月不冷不热，我突然心慌得厉害，下楼扭了脚，坐在楼梯上捂着脚，疼得直冒冷汗。休息了五分钟，忍痛一瘸一拐走去马路。

路口一家花铺，一家馄饨店，车子在马路对面。我看不到车，因为路边围满了人。我想绕开他们，却听到他们的议论。

"报警了吗？"

“有人报了，救护车也叫了，哎哟，刚看到那老太太站楼顶，我就觉得不对……”

“三楼啊，不知道能不能救回来。”

“碰到什么事了啊，这么大年纪跳楼，他妈的太让人心里不好受了。”

巨大的惊恐冻结了血液，心跳得剧烈，似乎要冲出胸口，耳膜一震一震，眼前出现无数碎裂的细密金色花纹，行人和建筑摇摇晃晃，我站不住，走一步腿就软了，下意识伸着手，歪歪扭扭往人群中挤。

马路边躺着一个人，香槟色缎面小袄，黑裤子，棕色中跟皮鞋，花白头发。

妈妈。

是妈妈。

乌黑的血在她身下缓缓弥漫，她闭着眼，头发散乱，成日成夜抱着的铁盒终于脱离怀抱，掉在她身旁不远处。

我绝望地喊，喊不出声音，爬到她身边。“睁开眼睛，求求你睁开眼睛，老天爷，求求你，别让我妈妈死。”

铁盒里是她早年买的意外保险，保额三十万。她不知道，自杀是没有赔偿的。林艺的抱怨，她听得到。我的哭泣，她听得到。人们的责骂，碗盆突然砸碎，儿子儿媳妇深夜的争执，她听得到。所以她会痛苦地发出嗬嗬声，用力捶打胸口，哭得嘴角挂下口水。

所以她深深看了我一眼。

医院过道，我跪在手术室前拼命扇自己耳光。

母亲救回来后，瘫痪了。

生活于我而言，已经麻木。照顾母亲半年，我确定，我的人生毫无价值。所有经历的苦难，坚持的努力，毫无价值。我早就死了，死在童年阴暗的墙角，死在一直伪装的笑，死在从未消止的抑郁，死在从始至终的无能为力。

我没有把这些告诉林艺。在她眼里，我就是个一事无成的废物，带给她的都是绝望。我改变不了艰辛的生活，不能带领她走出沼泽，承诺与婚礼等同泡沫。

我也不想告诉她了。我曾经无比感激她，会永远记得那个替我刷饭卡的少女，我也曾经有过坚定生活的意念，这些全部来自林艺。她是乌云中最后一缕光，牢狱里最后一把钥匙，我伸手穿过头顶河水，抓到的最后一根稻草。

她是大千世界留给我的最后一口空气。

我从头到尾都明白，林艺彻底离开，那么也是我彻底离开。

我房间里，密密麻麻的“对不起”写满了三面墙。我熬不下去了。

活下去，我没有理由。

这就是我自杀的原因。

面条裹着汤汁滑入胃中，

这刹那，

我也想感慨，我也想落泪。

这面不错，幸好没有死在昨天。

第十章 你被捕了

1

不记得怎么回的旅馆，小聚唤醒我的时候，天依然没亮。她担忧的小脸冲着我喊："叔叔，你做噩梦了吧？"

这场噩梦笼罩我二十年，是小女孩无法理解的。她在暴雨中苦苦哀求的约定，我根本做不到。我愣神了好一会儿，才勉强坐起身，说："没事，叔叔吵醒你了？"

"叔叔，你在梦里一定很难过。"小聚认真地说，一副努力尝试替我排忧解难的模样，"是想到什么伤心的事情了吗？"

我摸摸脸，冰凉一片，眼泪不知不觉淌着，赶紧用手擦擦。"小孩子别问这么多，咋还拿着手机，不睡觉了？"

她解释："小鬼他们刚下班，问你怎么还不直播，是不是蟑螂才尽。"

"是江郎才尽！快睡，不然没收手机。"

她乖乖躺好，说："叔叔晚安。"

我失去睡意，又怕吵醒小聚，睁着眼睛等到窗外蒙蒙亮，披件外套出门。小镇吹来山风，有些水汽，路旁正撞到旅馆老板。

老板递来根烟。"山里空气好，早上舒服。"

我说："抽烟的人还管空气好不好？"

老板笑了。"来，请你吃碗牛肉面。"他领我到街边一辆板车，不设座位，乡里乡亲端着一次性碗，盛起就走。

老板说："二十几年了，小镇多少人吃这口长大的。牛肉卤一宿，炖一宿，大骨头熬汤，碗底只搁酱油芝麻小葱，自家打的面条，筋道……"他说话间，我一碗面条已经到手。

老板说："带回去吃吧，这家我都月底一块结。"

我原本没有食欲，端着香气一路飘，肚子咕噜咕噜直叫。镇上墙角路沿开着韭菜花、野牡丹、杜鹃花，甚至有几簇油菜花。我走几步，仰起脸，天边泛起微微的红，薄薄的阳光渗透云层，似乎比风更凉，轻轻松松落下，小镇的路亮起来了。

我想，生活在这里，早起吃一碗牛肉面，日出而作，日落而息，种菜卖鱼，砌瓦搬砖，喝完热汤，去树林数数萤火虫，睡前拉开一点窗帘，让月光流进房间，那应该挺美好。

小聚还在睡觉，我只能躲进卫生间偷偷吃面。

以前看过一部电影，主人公走投无路，绝望时吃到了一碗晶莹的米饭。他为米饭流泪，大口大口吞咽，竟振作了起来。

如今我稍许理解了他的感受。面条裹着汤汁滑入胃中，这刹那，我也想感慨，我也想落泪。这面不错，幸好没有死在昨天。

忽然眼前一亮，是现实中真的一亮，门被打开了。小聚站在门口，带着哭腔说："叔叔，我知道你很难过，你别哭，你再哭我也要哭了。"

她在说什么乱七八糟的，我回过头，疑惑地问："我没哭啊。"

小聚的抽泣戛然而止，震惊地看着我。"你没哭？我以为你躲在卫生间哭……你在吃牛肉面？牛肉面？你在吃牛肉面？"

一声比一声高，小女孩气愤难当，眼珠子快瞪出来了。我低头看看面条，心叫不好，这丫头十分贪嘴，我吃独食她肯定气到炸肺。果然她气哼哼跑掉，我赶紧丢下碗追上去，她"咚"的一下跳到床上，叉着腰，两眼喷火。

我赔笑道："你别误会，叔叔低血糖犯了，不吃早饭会晕倒……”

她不敢置信。“还骗我？”

我还没编好词，她一鞠躬，飞起来踢我一脚，落到床上，再一鞠躬，说：“渣男。”

解了气的小女孩一裹被子，继续睡觉。

2

小镇往南，即将到达铜仁。前方发生车祸，临时绕到郊外。用酒精炉简单做的蒸蛋，拌的蔬菜，超市买的花卷，把小聚喂饱。

饭后思绪混沌，车停在河边，窗户全开，拿件衣服蒙头，准备眯会儿。小聚兴致勃勃地直播，热情地跟粉丝打招呼：“小鬼阎罗你们好，找叔叔？那儿，给你们看，这个懒鬼在睡觉。”

我假装睡着，她压低声音：“别叫他了，让他睡吧，他心情不好。为什么？因为他老婆跟别人跑了。”

我差点没弹起来，破小孩完全没有尊重隐私的自觉。直播间零星的粉丝也能炸锅了，我都听到砰砰火箭起飞的声音。这几个人不是没钱吗，幸灾乐祸倒很积极，不惜代价。

“感谢无能小鬼的火箭……什么时候写完歌？可能还要等几天，叔叔好吃懒做，就知道偷吃……啊？为什么你们不来了？”

我蒙头的衣服被扯落，小聚眼含泪光，冲我嘀咕：“叔叔，小鬼他们以后不来了。”

我说：“没事，旧的不去，新的不来。”

小聚说：“你怎么能这样，失业啊！失业对大人来讲，很可怕的！他们说，他们工作的鬼屋快倒闭了，工资也拿不到，以后可能没空再来了。”

我说：“等他们找到工作，就又会到你直播间聊天了。”

小聚低下头，有点难过，说：“叔叔，你的歌要是写完了，如果他们能听到，一定会受到鼓励的。”

我说：“自己都一塌糊涂，还鼓励别人，别指望我了。”

小聚说：“如果我能遇见他们，一定要帮他们加油！”

天空传来轰鸣声，一架飞机贴着云低低划过，阳光将它照成银点，犹如白日星辰，缓缓划向远方。

铜仁出口没下，我直接开车到了贵阳。搜索锦绣广场附近的宾馆，挑间干净的连锁酒店入住。

“先生麻烦身份证登记下。”前台流畅地登记拿房卡，“203 房，有需要电话拨零。”

“好的。”我收回身份证，牵起小聚上二楼。小女孩嚷着要洗澡，抱了换洗衣服跳进卫生间，没多久扁着嘴出来，垂头丧气。

我看她头发直滴水，赶紧打开暖风，怕她感冒。台盆下找到吹风机，转过头发现小聚默默哭得伤心。

我问：“怎么啦？”

她抽抽搭搭伸手揪下头发，露出一颗圆圆的小光头。

我愣住了，小聚委屈得不行：“我刚才忘记把假发拿下来，结果弄湿了。”

我第一次直面她是癌症患者的事实。摘掉假发的小聚仿佛缩了一圈，小脑袋白得刺眼。那股陌生感剧烈地刺痛我，之前她喊着要死了要死了，我都不以为意，这下心猛地揪起。我尽量语气自然地说：“多大点事，我帮你吹干。”

她摇摇头。“不行，我的假发是塑料做的，一吹就会卷起来。”

我的手指有些抖，假装调整风力。“卷起来也很可爱啊，你放心我会轻轻地吹，帮你吹个波浪卷。”

她捂住假发。“不行，波浪卷多土啊，我要扎个小揪揪！”

“啥叫小揪揪？”

她打开网页给我看，我才明白，羊角辫而已。我鄙视她：“小揪揪太土。”小女孩哼唧哼唧，眼泪打转，我忙说：“小揪揪，扎小揪揪。”

小聚把假发套在脑袋上，乖乖坐在椅子上，任我慢慢吹干。

二档暖风，离半臂长距离吹过去，温度正好。发丝逐渐干燥，飞起来挠着小聚的耳朵，让她止不住笑，在椅子上扭来扭去。“叔叔，干了没？我太痒啦！”

确认干燥，我打开扎小揪揪的视频教程，边学边梳。

那个视频是年轻父亲给年幼女儿扎头发，动作干净利落，一抓一绑一放，似乎简单极了。我减速慢放，扎得东倒西歪。小聚耐心减少，见我弄不好，干脆开始捣乱。“叔叔，疼！你轻点！”

我紧张地一缩手，随即反应过来。“假发疼什么？坐好，我就不信了！”

终于勉强成形，我松口气，手机振动，显示田美花通话请求。小聚跳下椅子，抢过手机。“美花姐姐，是你吗！”

田美花的声音有些嘶哑："小聚啊，我明天婚礼，你们来吗？"

小聚欢呼雀跃。"来的来的！叔叔，我们要去的对不对？"

我迟疑一下，点点头。

田美花说："谢谢你们。"

小聚看着手机，似乎没料到对话结束。她还在兴奋地转圈，那边田美花已经挂了电话。小孩子沉思一会儿，拿起黑屏的手机，照镜子一样端详，扭头冲我喊："我要特别漂亮地参加美花姐婚礼，你这扎得不行，重来重来！"

她正闹腾，传来敲门声和服务员的声音："先生你好，送果盘。"

我走过去，拉开房门，还没来得及做出任何反应，眼前一黑，几个身影扑上，直接将我压倒在地。

"老实点，趴下！双手举起来！"

我脑子嗡嗡响，他们很用力，我挣扎不动，头微偏，看见一个男子抱起小聚，她拳打脚踢地喊："你们是谁，你们放开叔叔！"

我说："放开她。"

我被按得更紧，有人说："我们是警察。"

哇哇大哭的小聚拼命喊："叔叔是好人，你们不准抓他……"

我却仿佛松了口气，浑身松弛，脸贴着冰凉的地板，闭上眼睛，甚至有些困了。我没想过会被逮捕，但我死都无所谓，对这一切坦然接受。换成是我的女儿，我也会对带她离开的人深恶痛绝，可惜，没法送小聚去看昆明的演唱会了。

我被押进警车，送到派出所，交出随身物品，有问必答。警察的眼神充满怀疑，随即把我关入拘留室。我脑海空白，偶尔想，小聚呢，警察找到她妈妈了吗？

第二天凌晨，警察领我进了房间，坐对面的是名穿着朴素的妇女，脸色蜡黄，不安绞动的双手上有许多老茧。警察放下笔记本，说："现在情况是这样，你涉嫌拐卖七岁儿童余小聚。"

我对妇女说："小聚没事吧？"

警察拍拍笔记本："你等我说完，这位是余小聚的母亲。"

我点头。"知道。"

警察继续说："她在南京当地报的案，昨天你身份证在酒店一登记，我们就找到你了。根据目前掌握的信息，似乎和事实有点出入。"

小聚妈妈眼眶泛红，嗫嚅着说："宋先生对不起，小聚跟我说了很多次，说你是好人，是她想去看演唱会，逼你带她去的，但我没办法，我几天都没睡着觉……”

我说：“没事没事，她还好吧？”

小聚妈妈哭了起来：“我没办法啊，我真没办法，医生说一周后动手术，希望也不大，不做手术也剩不了几天，你说我怎么办……”

我呆呆地看着她，心里空空的。想起那个假发弄湿的小女孩刺眼的光头，大大咧咧的小脸，滴溜溜乱转的眼珠，我喉咙堵住了，说不出话。

警察拍拍我肩膀。“销案了，你是好人。”

门推开，小聚冲进来，她抱住妈妈的胳膊，说：“妈妈别哭了，我手术一定成功的，放心好了。”她又扑到我怀里，说：“叔叔，你没被打吧？”

我摸摸她的头，把歪掉的辫子正了正。“小聚，该说再见了。”

她摇摇头，牵起妈妈的手，说：“妈妈，我不去看演唱会了，回去做手术，你答应我一件事，有个姐姐要结婚了，我想去参加她的婚礼，就是今天，不耽误的。”

小女孩泪眼婆娑，认真地说：“就今天，好不好妈妈？”

她妈妈点点头，说：“好，妈妈陪你一起去。”

小聚绽开笑容，眼泪却更加汹涌，对我说：“叔叔，你送送我们。”

3

小聚妈妈要替她重扎头发，她说：“就这样吧，我们出发。”她抱着书包，蹦到面包车上，向妈妈招手道：“妈妈，快点。”

清晨凉风吹来，我启动面包车，带着她们母女，驶向来时路。山逐渐郁郁青青，两个小时后下高速，田美花村子的名称我记得，报纸上写得清楚。村子应该很小，幸亏导航路线明确，翻山越岭，最后一百公里开了三个多小时。

我把车停在村口大树下，因为得问人才知道田美花住处。沿着唯一一条土路，往最近的红砖瓦房走去，绕过一堵破败的老墙，拐弯，我愣住了。

隐隐约约传来哀乐，目光所及的平房，家家户户门口挂着白幡，随风翻动。

我对小聚妈妈说：“你在这里等我们吧，我带小聚去看看。”

她犹豫一下，点点头。

我牵着小聚的手，走进村落，但凡有树的地方，树下就放着花圈、花篮和一摞摞纸钱。花圈的挽联飘拂，数不清的“李树老师千古”。

小聚扯扯我，慌张地说：“是不是有人死了？”

村子正中，田边一片空地，油布搭成大棚，许多人胳膊上扎着黑纱，忙忙碌碌。他们放置桌椅，架起炉灶，有和尚坐在大棚下，唱诵念经。

大棚用许多竹竿撑起，竹竿上扎着白幡，风呼啦吹过，青山起伏，天空沉默不语。

整个村子，为一人办丧事。

我必须活下去，

因为我不是为了过去每一天活，

我是为了将来每一天活。

第十一章 一送一别离

1

遗像中的李树脸庞瘦削，眼睛深凹，带着笑意。我正对摆放祭品的木桌，鞠了三个躬。第三下深深弯腰到底，我没想过，有一天我会为陌生人流泪。

小聚按照孩子的规矩，黄纸堆上磕头，起身掏出面包递给田美花，说："姐姐吃点东西吧，不能饿坏。"

风很浅，树叶微晃，灵前铜炉突然簌簌地掉下香灰，露出插满的红亮星火。

小聚和田美花站在一起，我望着她们，发现我不是最绝望的那一个，不是最孤独的那一个，更不是最勇敢的那一个。

田美花牵起小聚的手，说："走，我带你们去个地方。"

我们来到小学校，三间平房，黄土操场，不远处有间未涂石灰的砖房。推开砖房的门，直接就是卧室，门边餐桌，墙角灶台，一张简陋的木床，窗下写字台，旧木柜贴墙。

门、窗户、旧木柜和墙壁正中，都贴着大大的喜字。写字台上整齐堆放着课本，还有笔筒和茶杯，我意识到，这是李树的房间。

写字台上，还竖着一张结婚照。说结婚照不一定准确，田美花穿着婚纱，新郎却身穿病号服，闭眼躺在床上。

田美花拿起照片，用袖子擦擦。“我去他病房，硬拍的。不想他被抢救的时候，连个手术签字的人都没有。”

她把照片抱在怀里。“我趴在他耳边说，老李，你娶我好吗？他睡着了，拍照的时候也没醒。我把这个家布置好，他也没机会看。”

田美花的眼泪滴在相框上，她站在最悲伤的婚房里。

她不好意思地笑了笑，说：“等下，我请你们喝喜酒。”我俩不知该如何表达，更不知该表达些什么。她眼睛红肿得可怕，应该许久没有休息了。田美花拽着我，按到木凳上，然后招手示意小聚：“快坐，菜现成的，我热一热。”

她点燃灶台，不一会儿弥漫出猪油爆炒的香气和烧柴的熏烟。

窗户敞开，风吹进来，卷起作业本封面，啪啦啪啦作响。我走到写字台前，想拿茶杯压住作业本，看见茶杯下的一页信纸。

致所有人：

所有人说我来山村支教不容易，太辛苦，甚至说我伟大。其实我只是个普通人，能力普通，水平普通，甚至比普通人还差一些。但我想，我受过的苦，故乡的孩子们不必再吃。绕过的弯路，他们不必再走。丢失的希望，不必与我相同。看到的世界，超出我之所见。

我在最爱的地方生活，为最爱的人做些事情，并不需求同情。

乐宜，对不起。

父母埋葬此地，我亦是。

李树

短短几行字，我看了一遍又一遍。那些颠扑不破的大道理，人人读过，字字易懂，可只有看见这页信纸，我才真的明白：人的生死，有轻重之分。

田美花布好碗筷，三菜一汤——炖土鸡、油渣青菜和红烧鳊鱼，一碗蛋花汤。她给小聚倒果汁，给我倒啤酒。“今天喝喜酒的客人，只有你们两个，因为啊，别人都不知道婚纱的事，说出来怪难为情的。”

用哭肿的眼睛笑，尤其令人心酸，她不停为我俩夹菜。

小聚偷瞄田美花，鼓起勇气说：“我听叔叔讲，一个人心里有裂痕，别人是无法察觉的。只有当他砰的一声碎了，大家才会发现……”她越说声音越小，连我都听懂了她的担忧。

田美花笑了。“什么叫砰的一声碎了，干啥，你怕我自尽啊？”她咕咚干了一杯，说：“我不会寻死的，虽然我很难过很难过，这个世界上不会有人比我更难过了，但我就是要活下去，用力活下去，我答应过他。”

她鼓着腮帮子，努力咀嚼，努力吞咽。

她说：“李老师不肯住院，我接他回来，他就一直躺着，每天喝一点点米汤。有一天突然精神比往常好，能坐起来，能说话。他让我拿碗米饭，我拿给他，他摇摇头，说让我吃。我吃不下去，他说，吃，吃了用力活下去。”

田美花的泪珠扑簌簌坠落。“人总是要走的啊，既然一定会走，我接受。我必须活下去，因为我不是为了过去每一天活，我是为了将来每一天活。还有那么多事情要做，过去无论发生什么，我可以接受，但我绝不认输。李老师在天上看着我，我不认输。”

田美花扒拉一大口饭，说："用力活下去。"

小聚用筷子夹起鸡肉，塞进嘴里，说："用力活下去！"

我沉默地望着手中的碗，心中比任何一刻都迷茫。

2

田美花回灵堂，我把犯困的小聚交给她妈妈，母女可以在车上睡个午觉。

沿村边斜坡，上山没多久，出现挺宽的平地，一棵松树笼罩，我靠树而坐，山下灵堂大棚清晰可见。村庄错落的房屋，白幡飘扬依旧。人群忙忙碌碌，哀乐伴风远去。

秋天的阳光温和平静，不因悲欢改变。我睡着了，做了个梦。

梦中回到半年前，送完外卖的马路，母亲静静躺在地面，没有行人，没有车辆。母亲身下弥漫的血迹，慢慢凝固，晕出一丝丝的纹路。血泊伸出斑斓的翅膀，随着纹路温柔地分裂，变成一只只蝴蝶，扑腾着旋转，红黄蓝绿，各种颜色，大大小小卷起几个旋涡，托着母亲站起来。

母亲在蝴蝶的拥簇中行走，走到路中间，那里蹲着个哭泣的小男孩。

她也蹲下来，摸摸小男孩的脑袋，说："你不用说对不起，没什么对不起的，总有一天你会明白，人不是只为自己活着。妈妈没有用，以后你要自己一个人过，记住啊，宋一鲤，再苦再累，都会有明天。"

蝴蝶停驻在母子俩的衣服上头发上，翅膀轻柔下坠，像无数个拥抱，披覆伤痕累累的身体。

3

当天我们并未离开山村，小聚和她妈妈说，明早想听美花姐上课。大概想到女儿连小学课堂也没有走进过，她妈妈同意了。

田美花整夜守灵，将母女安顿于婚房，我打算在面包车里凑合一晚。夜幕降临，山峦渐渐深沉，树影映照月光，似乎能听见星星闪动的声音。

小聚背着书包，跑来找我。她钻进车里，拉我出去，心事重重地看着我，一反常态，严肃地说："叔叔，我想来想去，你打架打不过别人，老被欺负，以后我不在没人救你，所以我打算教你空手道。”她爬进帐篷，换了空手道服，又爬出来，说：“叔叔，我现在教你空手道最重要的知识。”

小女孩一身洁白空手道服，双脚分开，重心下移，挺胸收腹，握拳站定，看着我说：“你傻站着干啥，快点，跟着我。”

我学她的样子摆好架势，她满意地点点头，说：“空手道最重要的，是气势！就算你今天什么招式都学不会，也一定要把气势打出来！”

小女孩弓步出拳，大喝一声：“哈！”

我学着她喊：“哈！”

小女孩再来一遍。“出拳要直，速度要快，哈！”

林间睡觉的鸟儿纷纷惊起，飞向天际。望着一丝不苟、满头汗水的小女孩，我不知所措。这个小孩子仿佛正用尽她所有的能力，安排她所有的牵挂。

我俩头顶头，躺在草地上。小聚小声说：“叔叔你还记得不，你说过，世界有尽头的。到了那里，真的可以忘记所有的烦恼吗？”

我说：“嗯，那里除了水，就是冰，还有一座灯塔，有人告诉我，站在灯塔下，就什么苦难都消失了。”

“那世界的尽头，离天堂是不是很近？”

“是的吧。我不知道。”

“叔叔你等下。”小聚一骨碌爬起，从车里找出仙人掌，递给我：“如果你去那里的话，带上小小聚好不好？”

她给仙人掌起了名字，小小聚。她说：“我应该去不成了，小小聚可以陪着叔叔。”

4

清早五点十二分，地平线出现柠檬黄的光纱，太阳即将升起。我坐在车顶等着，光纱上扬，染出瑰丽的玫红和金黄，半粒光点缓缓升起。几分钟工夫，朝日浑圆庄严，跃出暗色的云层，霞光绚烂，明亮千里。

日出象征新的开始，也如同光芒四射的句号。

小聚坐在教室最后一排，我在窗外看着。

“上课！”田美花说。

“起立！”班长说。

稀稀拉拉，只站起来几个，手臂绑着黑纱的孩子们大多伏在课桌上哭。

田美花面无表情地说：“李树老师不在了，以后的语文课，我给大家上。上课的时候都不准哭，李树老师说过，你们要走出去见识世界，要走回来建设家乡，绝不希望看到你们哭。”

她捻起一支粉笔，说：“现在，全部翻到课本六十七页。”

田美花转身，在黑板上写下课文题目第一个字“我”，卡顿一下，写第二个字，写了一半，停住了，整个人似乎变成了木头人。

但我看见，她的肩膀在颤抖。她紧紧咬住嘴唇，眼泪滑落脸颊，竭尽全力不让自己痛哭出声。她说得对，这个世界上，也许不会有人比她更难受了，但她依然要用力活下去。

田美花，再见了。

5

小聚妈妈把面包车里外都仔细擦拭过，可惜车太旧，看着也就干净些而已。按她的打算，从铜仁市区坐高铁到长沙，然后飞回南京，那样价格划算。

小聚竖着耳朵听，听到长沙，眼睛一亮，掏出手机边快速地查东西，边问："妈妈，我在长沙有朋友，可以看看他们吗？"

她妈妈很诧异。"啊？你哪里来的长沙的朋友？"

小聚点头。"真的有。"

小聚妈妈并未纠结，反正要去长沙，转头拜托我："车票是晚上的，麻烦宋先生一会儿到公交车站把我们放下来。"

我说："倒车太麻烦，我直接送你们到长沙。"

倒两趟公交车，再等高铁，还不如直接开过去，也就七个小时。

小聚妈妈连连推辞："那怎么好意思？"

小聚喜出望外。"好意思好意思，妈妈，别跟叔叔客气，他这个人不能客气。"

早饭后出发，除去张家界路段稍微堵车，整体顺利。中午在常德加油，下午二点抵达长沙。进入市区，依据小聚给的地址，跟着导航兜兜转转，一栋破旧的建筑缩在商业街边角，门口挂着牌子：鬼屋之王。下方一行备注：倒闭在即，超值半价。

小聚妈妈有些疑惑，问女儿："你的朋友在里边？"

小聚欢快点头，说："对，我和叔叔进去就行，妈妈你等等我们。"

我买了两张票，走进入口。通道口一位壮汉左右徘徊，看到我们，惊喜招手道："你们来得正好！我买好票不敢进去，半天了一个客人没有，走走走，做个伴，人多好壮胆。"

三人验票入场，鬼屋内部装饰成山洞，没几步立刻陷入黑暗，只剩点点绿光指引方向。壮汉缩头缩脑，头顶吱嘎一声响，瘆人的鬼笑声带着回音，轰然炸开。

我无动于衷，耳边传来一声尖叫，反而吓了我一跳。壮汉涕泗横流，上蹿下跳，一把抱住我喊妈妈。小聚非常嫌弃地说："算了叔叔，我们走前面吧。"

壮汉躲在我们身后，拐个弯，灯光频闪配合雷声，阴暗处蹦出一对黑白无常，白的吐出长长红舌，黑的眼冒绿光，张牙舞爪冲我们扑来。

壮汉"嗷嗷"狂叫，转身就逃。

音效震耳欲聋，我和小聚平静地望着黑白无常。两个鬼疯狂扭动，见客人毫无表示，索性扑过来，扑到一半，离我们半米不到，突然僵住，愣在那里一动不动。

我上前，抱了抱白无常，他高举胳膊，依然僵着。我抱了抱黑无常，他单腿站立，依然僵着。小聚从书包掏出两个苹果，递给白无常，白无常傻傻接过去，递给黑无常，黑无常傻傻接过去。

我牵着小聚转身离开，走了几步，小聚举起小拳头，一拳打向天空，大喊："哪怕就剩你们两个，也要加油啊！无能小鬼，加油！蹦跶阎罗，加油！"

6

母女俩是晚上八点的高铁，还有时间，小聚妈妈非要请我吃饭表示感谢。我挑家小饭馆，点了小聚爱吃的蒸鱼、时蔬和蛋羹。

可小聚吃得极慢，米饭一颗一颗夹进嘴里，桌上三个人沉默着。小聚突然喜笑颜开地开始跟我絮叨，我低着头，不回应她。

我怕多说一句，她会哭。

"叔叔，你接下来要去哪里？""叔叔，我手术后，你会来南京看我吗？”“叔叔，你会越活越好对不对？”

我抬头，望着眼泪打转的小女孩，说：“我们都会越活越好。”

小女孩的筷子一直抖，说：“叔叔你知道吗，其实我很羡慕你。”

她说：“你健健康康，能喝酒能吃肉，被人打到半死还活蹦乱跳。我就不行，我呢，很小心很小心地活着，可说不定明天就会死。”

她哇的一声哭出来。“叔叔，你用力活下去啊，你带着小小聚，用力活下去啊……”

她抽抽搭搭地说：“我已经吃得很慢很慢了，拖不下去了，叔叔再见。”

小聚妈妈抱起她，替她擦眼泪，冲我微微鞠躬，说：“真的谢谢你，宋先生。”

小聚妈妈抱着小聚，走向饭馆门口，小女孩扭头，挥手，嘴巴无声地在说：“叔叔，再见。”

我傻傻坐着，恍恍惚惚，好像自己又失去了什么，心里空了一块。我使劲克制自己，不去想这可能就是我和小聚的最后一面。

不知道坐了多久，耳边响起小女孩熟悉的脆脆的声音：“叔叔，你又偷吃！”

我猛地抬头，饭馆没几桌客人，而我对面空空荡荡，并无别人。

店门关得不紧，一阵风吹进来，凉意扑在我脸上。

又下雨了啊。

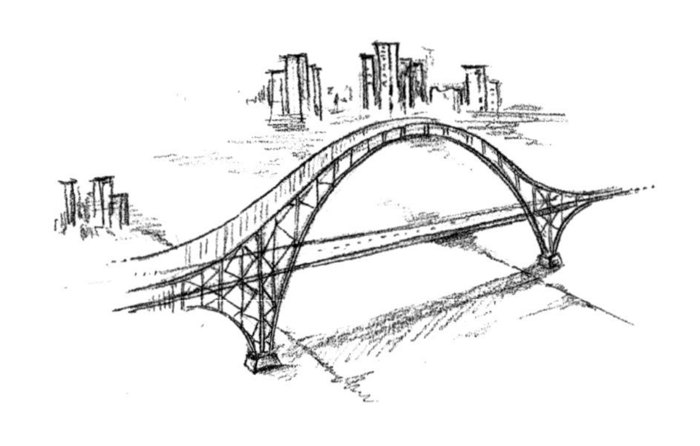

“没关系啊，我答应你，就是相信你。”

第十二章　漂泊白云外

1

漫无目的地开车，遇到岔路扔硬币，正面向左，反面向右，黔西绕了圈，进入云南境内。经常开着开着就停下来，有时前后荒无人烟，有时就在一头水牛旁边。

长长的路伸向天际，逼近白云。

接过三个人的电话，青青的，问钱够不够，她可以转，因为能报销。陈岩的，问歌写得怎么样，糊弄几句挂了。小聚的，说她吃得不好，烧烤都吃不到，然后手机被护士抢走。

时间于我没有概念，困了睡，醒了走，饿了吃，累了停，一程又一程。

面包车滴滴报警，提示油量不足，搜索最近的加油站开过去，已经到了曲靖市，那么离昆明不远了。原来我依然一直在往南开，难怪天不会凉。

囫囵吞完一碗泡面，闻到空气中土腥味渐重，抬头看，黑云迅疾，即将下雨。把车拐到加油站旁，蜷缩到后排入睡。

梦见那条白色的走廊，手术室的灯亮着。医生开门，走过来，摘下口罩一边，说：“颅内出血，多处骨折，这么大年纪，经不起的。手术还算成功，但以后不能走路了，而且……应该没有太多意识。”

我呼吸困难，泪流满面，一个字都说不出口。

医生说：“如果平时太忙，照顾不上，为什么不把老太太送疗养院？”

我跪倒在地，扇自己耳光，医生惊呆了。但我感觉不到疼痛，眼前的走廊逐渐扭曲，把我吸入尽头，黑暗无边。

我并不挣扎，闭上眼睛，垂着双手，飘飘荡荡，也不想知道飘向何方。

有人在说：“活下去啊。”

我睁开眼睛，什么都看不见，就是有许多声音在喊，越喊越大声：“活下去啊！用力活下去啊！”

我哭得声嘶力竭，我明白自己在做梦，因此听不到自己的哭声。怎么活下去呢，无处可去，没有救赎，背负的痛苦永存，过去的每一分钟都不可改变。

我抽搐着惊醒，喘着气打开车窗，大雨瓢泼，劈头盖脸将我浇得清醒。

启动车子，掉头，连夜开往七百公里外的重庆。

2

小时候存过一个地址，父亲葬礼上有人给我的，写在纸上，没有告诉母亲。长大后怕弄丢，存进手机。

中途休息几次，第二天黄昏开到重庆。高楼在脚下崛起，头顶是宽阔的马路，地形错综复杂。问人加导航，江边几度迷失，终于停在和保存地址相同名字的小区前。

按下电梯，心跳加快。3楼，14号，楼房旧了，过道里一股霉味，墙壁贴满广告，刷着各种电话号码。

敲门后，一位老太太开门，看我第一眼，嘴唇发抖，右手紧紧揪住胸口的衣服，沙哑地问："你……你是宋一鲤吧？"

她慌忙让开，叫我进门，说不用换鞋。我木然坐在沙发上，老太太跑前跑后，端来水果，说："我去做饭，你饿了没，我一个人住，吃得简单，你别嫌弃。"

老太太在厨房忙活，我四下打量，六十平方米左右的小房子，阴暗逼仄，老太太为了省电，白天并未开灯。

玄关正对的柜子，摆放着父亲的遗像。我记不清他的样子，但一眼认出了他。

老太太炒了鸡毛菜，拌黄瓜，半盘卤牛肉，从玻璃柜里拿出一瓶白酒和酒盅。“这是好酒，放十几年了，你爸一直不舍得，说留着，也不懂留给谁喝。”

她给我注满。“别恨他。”

我说：“以前特别恨，恨了挺久。”许多磨难，就是自他离开，纷沓而来的。没法不恨啊，还掺杂着愤懑与绝望。这些人类最糟糕的情绪，充斥我过往人生。

老太太的手枯瘦，皮肤起皱，扶着酒杯说：“他快不行那几天，一直看着我，喉咙呼噜呼噜的，话说不清楚，但我知道他的意思，他想见你最后一面。”她擦拭眼角：“他想问我，你在哪里。”

我在城南燕子巷的破落二楼，母亲起早贪黑，而我注视着她三十多岁便佝偻的背影。

老太太说：“他对不起你们母子两个，后来我们连孩子都没要。他过得不踏实，带着心病走的。”

老太太抬头，泪水混浊。“说这些没有意义，你爸已经赎罪了，人都走了。”

我低声说："那我妈呢？我妈没做错什么，就是受苦，你们不懂她有多苦……"我嗓子眼堵住了，面前的酒杯泛起一圈涟漪。

老太太慌乱地道歉，语无伦次，还给我夹菜，一边夹一边呜呜地哭。

我说："前些年我妈脑梗，什么都不记得，就记得我要结婚，要准备红包，要办酒席。她这一辈子，最开心的只有这件事。"

老太太问："那她现在怎么样？"

我说："脑梗，瘫痪，在疗养院。"

瘦小的老太太捂住脸，泣不成声地说："我赔给她，我替你爸赔给她，我没孩子，也没亲戚，我自己孤零零过日子，我赔给她……"

她困在这个六十平方米的小房间，还将一直困下去。

我深深吸了口气，说："我曾经非常恨，不明白他为什么离婚。妈妈跟我，难道不是他最亲最亲的人吗？他居然可以抛下就走。"

老太太伸出双手，抓住我的手，贴在她苍老的脸上。

我哽咽着说："后来我发现，我连爱都没有能力，还恨个什么呢。人生嘛，又不是自己能决定一切。"

老太太的眼泪落在我掌心。

我说："你放心，我不恨了，他都死了十几年了，我恨一个死了的人有意义吗？"

桌上酒菜一点未动，我站起身，说："我今天来，只是想告诉您一声，我不恨他了，也不恨您。跟您说这些，希望您以后不用再想起这些就难受。我不希望这个世界上，因为我，还有人走的时候都带着心病。"

我站在那儿，眼泪止不住。"活着多难多累啊，不恨了，您也好好过日子。"

我走出门，老太太呆呆望着，背后是父亲的遗像。她很矮很瘦，光线暗淡，似乎整个人隐在夜里。

她喃喃地说："人这一辈子，没法只为自己活啊。"

没法只为自己活，也没法自己决定一切，那么，就活好自己，做好自己能决定的。

3

嘉陵江畔，城市灯柱沿岸怒放，大桥如同圆满彩虹，串联真实与倒影。桥底居民摆开桌子，相邻相亲，酒菜并到一处。他们吃得热闹，也招呼我：“别光自己坐着喝啊，来干一杯？”

我拎着啤酒就坐了过去，陈岩打来电话：“歌你到底写了没？”

“写了。”

她愣了一下，问：“歌名叫啥？”

“《天堂旅行团》。”

“看来还真写了，那你写完发我啊。”

“不用，我去昆明，当面给你。”

她没问我这一路发生了什么，在电话那头诚恳地说：“宋一鲤，我为你高兴。”

第二次往昆明开，换了路线。泸州清秀，宜宾小巧，我开得慢，有车超过，尾灯上贴着笑脸。我还打了视频给疗养院，让护工给我看看母亲。护工推着轮椅，陪她晒太阳，她似乎一直在沉睡。

陈岩在昆明安排了酒店，我抵达后关屋里两天，没有见她。

写完了歌，临近黄昏，我出门散步，走着走着拐进花市，满目五彩斑斓，处处人与花相映。昆明的花市中外有名，不管多鲜艳娇嫩的花朵，在这里总能开出最浓郁的颜色。无边色谱在市场铺开，手中青翠，芬芳满怀。

突然人群纷乱，各家收摊，碎碎的雨点划出白线。

我躲到一家店铺屋檐下，旁边一对年轻男女，男孩捧着一束花，白色芍药配淡粉蔷薇，双手递给女孩，说："生日快乐！"

女孩接住鲜花，笑得眼睛眯起，说："谢谢。"

两人局促地站了一会儿，男孩挠挠头，咬咬牙，不敢看女孩的眼睛，说："我喜欢你很久了，今天才敢约你出来。如果你愿意做我的女朋友，就点点头。你不愿意也没关系的，我保证不会再打扰你……"

女孩说："我愿意。"

男孩怔住，我甚至能感觉到他心脏乱蹦。这傻小子应该脑海空白了，女孩只是望着他笑。

男孩开口之前，眼泪"唰"地流淌，他说："对不起，你生日我都没钱买礼物。我毕业以后，会找一份好工作，拼命也行，我一定会拼命的，你相信我，我不会让你过苦日子……"

女孩说："没关系啊，我答应你，就是相信你。"

他俩都在傻笑，仿佛混乱的人群和市场都不存在，全世界只见到彼此。

我痴痴地望着这对情侣，心中响起另一个熟悉的声音。

“我毕业以后，会找一份好工作，拼命也行，我一定会拼命的，你相信我，我不会让你过苦日子。”

“没关系啊，我答应你，就是相信你。”

我走过去，从口袋里取出蓝色的丝绒盒子，对女孩说：“他有礼物，托我买的，现在送给你。”

男孩张大嘴巴，脑子转不过弯。我把盒子交给女孩，转身离开。

女孩问：“是你安排的吧？”

男孩说：“不是啊……”

女孩说：“认错人了那就。”

男孩说：“对，因为我不认识他。”

女孩说：“那赶紧还给人家。”

我走远了，融入茫茫人海。如果女孩打开盒子，她会发现里面有枚璀璨的钻石戒指，是用外婆和母亲所有金件换来的光辉，它承载了三代人对爱情的热烈祝福。

祝你们平安，幸福，长久，不离不弃，永远在一起。

我走出花市，身边擦过无数雨中匆忙赶路的人，我停在一个广告牌下，天色渐暗，霓虹灯依次闪烁。

我拿起手机，按下通讯录最上方的号码。

手机通了，对面说："喂？"

我说："离婚吧。"

挂掉电话，仰起脸，黄昏的尾声湿漉漉地扑满面孔。

我伫立远方，远到只有自己看见。

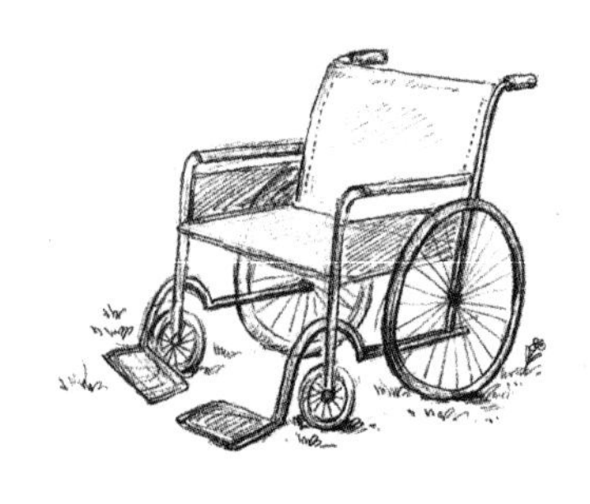

妈妈，这是我最后一次叫您妈妈了，以后不能照顾您了。

再见，妈妈。

第十三章　有什么不开心的，就跟妈妈说

我叫林艺，记事起全家住在单位家属大院，独女，父母生我晚。刚学会走路，父亲就被辞退下岗。他们对我不娇惯，期望女儿多才多艺，文静端庄，所以我本该叫林静才对。

大院内都是单位同事，没太多等级之分，起初条件相仿，后来升官的升官，经商的经商，只有我父母止步不前。父亲找过许多工作，照相馆，澡堂，租碟店，都做不长久，算是零零散散能贴补些家用。

幸亏单位没有收回房子，不然过得更加拮据。

从小我就明白，人不进步，是会被孤立的。

全家陷入贫困的窘迫中，父亲要面子，出去打零工也要穿着工服，让人觉得正式。我承认自己继承了些虚荣，到南京上大学，我忘记摘下护袖，舍友觉得稀奇，我赶紧扔进垃圾桶。

冬天妈妈给我寄棉裤，那个包裹直至毕业都没打开。

遇见宋一鲤，我觉得幸运。真的，他假装什么都不在乎，给自己竖着厚厚的壁垒，但只要走进去，就能看到一颗真诚善良的心。也许他能力不足，也许他家境一般，可普通人谁不是这样呢，包括我。

他说爱，就是真爱，说在一起就是在一起，我从来不需要猜他在想什么。

他全部在想我。

他就是这样，稍微被爱一下，整颗心就迫不及待掏出来了。

遇见宋一鲤，我觉得悲伤。我期盼依靠他，我也知道他会拼尽全力，然而我对这世界有幻想，有超越实际的梦。我不愿回到大院，不愿面对父母皱起的眉头，和那二十年没有换过的小床。

父亲把我介绍给他老战友的儿子，一个干净腼腆的男生。他很喜欢我，喜欢到日夜苦读，专升本报考我所在的学校。

我放弃了宋一鲤，和男生相处了一段时间。可我扔不下宋一鲤，因为我发现，只有宋一鲤，是将我永远摆在最重要的位置。这和喜欢不同，喜欢是占有，而和宋一鲤分手的几个月，他没有找我，他担心打扰我，担心伤害我，即便自己痛苦万分。

那就让我坚定一次吧，我对自己说，无怨无悔地坚定一次。我虚荣，矫情，向往城市繁华，我想，像我这样的女生，也只有二十几岁的阶段，才吃得了不计其数的苦，这是我唯一能为爱情牺牲的年纪。

怕自己反悔，毕业不久我就和他结婚了。

人生的苦难，比想象的还难以承受。婆婆脑出血，妈妈偷偷跟我说，趁没孩子，早做打算。我开始动摇，妈妈叹息着说："你还年轻，人生不是一道道坎组成的，有的直接就是绝路，不可能跨过去。"

妈妈一语成谶。

我住在城市破旧不堪的老巷子里，不奢求鞋包，下午茶，每天素面朝天，陪着丈夫经营小饭馆，照顾生活不能自理的婆婆，可我没想到，做个底层都那么难。

但凡有一丝可能，我依然愿意留下。父母找到我，让我帮忙补交社保，两万块，能让母亲退休后每月领一千五百块。

我没有告诉宋一鲤，他不会有解决的办法。这也不是压垮骆驼的最后一根稻草，我和宋一鲤的生命中，四面八方早就被一座座大山挡住，纹丝不动，密不透风。

命运告诉我，人世间无数机会，你没有抽奖的资格，如果继续，只能抽掉我最后一丝力气。

宋一鲤什么都没做错，是我的错。

我曾经坚定地选择了他，并且试图坚定下去，但我后退了。我没有做到，我是不是很差劲?

宋一鲤，我们都背着山而来，是我先逃跑了，对不起。

我单膝跪在草地上，脑袋搁在婆婆的膝盖上，说了很多很多，说得太长，婆婆似乎睡着了。她肯定听不明白，不然我不敢说完。

今天周末，心神不宁，未婚夫出差了，我想最后探望下以前的婆婆，鬼使神差来到疗养院。我报了宋一鲤母亲的名字，说是外甥女，护工推着婆婆出来，轮椅很新，疗养院应该条件不错。

护工把推车交给我，抱怨说："她不肯上厕所，最后把床弄得一塌糊涂。"

我连连道歉，塞过去一袋水果，护工才停止唠叨，还将一碗鱼丸汤给我，说："你来喂吧，老太太今天胃口不错。"

一勺勺鱼丸汤喂着婆婆，她嘴角漏出来，我擦干净，如同往日。

喂完汤，推她去草坪，也许阳光让她清醒了些，她小声咕哝："我儿子呢？"

我说："他出差，过几天就回来。"

婆婆身子不能动，只能瞪着眼睛表达恼怒。"都快结婚了，叫他过来，把我儿子叫过来。"

她五十多啊，头发全白了，糊里糊涂发着脾气。两年前，她还穿着香槟色缎面小袄，笑容满面对我说："小艺，以后我就是你的妈妈，没人会委屈你，有什么不开心，就跟妈妈说。"

我蹲下，伏在她膝上，把脸埋在她的手掌中。"妈妈，是我不对，可我真的没办法继续了，我只想要正常生活，踏踏实实的，未来能有希望。"

婆婆恍若未闻，双眼茫然地望向前方。"我儿子要结婚了，他去哪里了，他要结婚了……"她眼睛弯起来，噙着笑，"我儿媳妇特别好看。"

她在显摆人生中最高兴的事，她想我一块笑。

婆婆的手很吃力地抬起一点点，指尖触碰到我的头发，她说："有什么不开心的，就跟妈妈说。"

于是我说了很多很多，从幼时说到大学，说到这几年，一直说到：“对不起，妈妈，你要陪着宋一鲤啊……”

仿佛聆听许久，又仿佛沉睡许久的婆婆睁开眼睛，说：“谢谢你，你是好孩子。”

我憋不住了，眼泪疯狂涌出眼眶，那些藏好的委屈伤心，再也遏制不住。

我紧紧抓住婆婆的手，抽泣着说：“妈妈，我走之后，只有您陪着他，您要长命百岁，他就是个孩子，您一定要好好的，一直陪着他，不然他会很孤单很孤单……”

天空一架飞机掠过，轰鸣由远及近，又逐渐静寂。有水珠打湿我的头发，一滴一滴。婆婆温和地说：“小艺啊，妈妈在呢。”

我抬头，风吹动婆婆的白发，皱纹间挂着泪水，她微笑看着我。

“妈妈，这是我最后一次叫您妈妈了，以后不能照顾您了。”我站起身，对着微笑的老太太说，“再见，妈妈。”

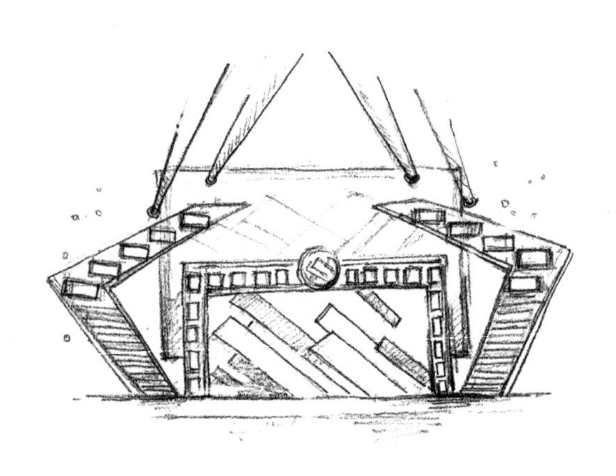

我们一路遇到很多人，很多事，

有爱而不得，有得而复失，

有生不如死，有死里逃生。

第十四章　天堂如有人高高在上

1

我和陈岩见了面，她看完歌词，放下后低头不语。

“不满意吗？”我问。

她摇头。“看完太难过，暂时不敢看第二遍。”说完笑笑，扬起手中车钥匙，“先请你吃饭吧。”

她开了辆银灰色小巧跑车，沿石龙路往西，驶往湖边方向。车子马力强劲，启动时呜呜轰鸣，但她不紧不慢，时不时偏离主路，往小巷钻。

我们路过公交站台拥挤的人群，商场门口等待的年轻女孩，遇见斑马线，小学老师牵着孩子的手，挥舞小黄旗，乖乖排队走过。

接他们的家长，背着各色卡通水壶。

大学生三三两两，讨论哪家火锅好吃。

黄昏已至，陈岩放下车窗，那些人间的吵闹欢笑，水果摊上的讨价还价，打电话的怒气冲冲，纷纷拥拥，人潮如陆地鸟雀，分流归巢。

我们停在一个巷子口，巷子内每户人家都开着窗户，油烟从窗口涌出，混入晚风，吹动着栏杆上刚洗好的衣服。

年轻的夫妻打骂孩子，哭号尖厉，也有人外放热门舞曲，靠近我们那一家，四五个面红耳赤的男孩，举起啤酒庆祝某人的离职。

陈岩示意我往上看，巷子的天空被栋高耸大楼遮住，仅留下一丝柔和金线，细细洒下，像条有形的界限。

大楼簇新时尚，是这座城市里顶尖的写字楼，夕阳还未垂落，几百扇落地窗便绽放出灯光，让这小巷显得更加黑暗。

“餐厅在顶楼，通知过经理，已经准备好了。”

客梯飞速上升，数字跳动，我从未坐过这么快的电梯。打开后，不见走廊，直面方正的大盒子，整体漆黑光滑，找不到门的痕迹。

陈岩用手按住雕塑底座，门便魔术般滑动，露出无数镜面，反射夜空。我麻木地跟随陈岩，经理引导，路过身侧各个角度的自己。餐桌临着巨大的落地玻璃，坐上椅子，如神明浮在空中，俯视城市的车水马龙。

桌上摆好冰桶，盛放一瓶木塞斑驳的红酒。

陈岩点的菜名我都没听说过，柔嫩鱼肉和蔬菜都做成认不出的样子，我也吃到生平最美味的牛排。我没问价格，油脂与汁水恰到好处的程度，揭示着我不可置信的昂贵。

陈岩与我碰了一杯，她说：“这些在我割腕时，已经拥有了。我爸车祸，我妈心脏病，我拥有的一切阻止不了这些。”

她一饮而尽。“我拥有的一切，也阻止不了我当时觉得活着没意思。”

我说：“那你怎么活下来的？”

她亮亮手机，屏保是个婴儿。“前年生的。”

她说：“人有理由死，就有理由活。”

我沉默一会儿，说：“我会努力的，但你现在这么做，不像开导，我觉得更像炫富。”

陈岩笑得前仰后合。“有钱当然好，至少可以避开很多烦恼。我只是想告诉你，管他贫穷富贵，都有熬不过去的夜晚。”

她从包里随手拿出一份文件，叠得乱七八糟，抛到我面前，说：“你的饭馆，我让人买回来了。我掏的钱嘛，所以以后我才是饭馆大股东。你呢，有百分之十的股份，当作这首歌的报酬。等你写完十首歌，股份就全归你。”

我问："你为什么这么做？"

陈岩翻了个白眼，说："你以为我看上你了？"

她端着酒杯，走到观景台，胳膊撑着洁白的围栏，夜风吹起长发。我跟在她身后，并未靠近，听见她悠悠地说："因为那是你的家啊。"

她回头一笑。"我不想自己的朋友连家都没有，无处可去。"

2

面包车从昆明开回南京，几乎散架。我先回到燕子巷，小饭馆没有变化，甚至里面的摆设都纹丝未动。沿着狭窄的楼梯，去自己房间，蒙上被子躺了会儿，漫长的旅途像只是做了个梦，我依然在这张床上醒来。

看望母亲之前，我花了一整天收拾屋子。买了油漆，刷掉卧室满墙的"对不起"。留有林艺痕迹的物件，全部放入储物箱，估计她不再需要，那找个地方埋起来也行。残余食材一并丢弃，整理冰柜，去批发市场重新买了一批碗碟。找人修理灯牌，设计菜单，一样样弄完，天色黑了。

我换了件干净衬衣，打车去疗养院。护工刚喂母亲吃完晚饭，她躺在床上，手脚虽不能动，半靠床头，正看电视剧。

我坐床边，握着她的手，和她一起看电视剧，还解说情节。母亲手指一动，我就换台。母亲说渴，我就倒水。母亲瘪起嘴，我就喊护工扶她上洗手间。

护工搀着母亲，走到门口回头对我笑："这是她最听话的一天了。"

临走前，母亲就快睡着，呼吸平稳，我贴在她耳边轻轻说："妈，我明天再来，以后我都晚上来，陪你睡着。"

母亲嘴角有一点点笑意，低低嘀咕："儿子要结婚了，儿子有出息……"

我徒步走回燕子巷，五公里。路过修车铺，修车铺旁的小卖部老板认出我，买烟送了个打火机。

拎着水和面包，车流不息，这一切似曾相识，只是雨停了。我抬腿准备继续赶路，角落蹿出一个黑影，呜呜呜地叫。

那条流浪狗啊，它还活在这附近。我有点点欣喜，活着就好，对它说："老熟人啊，请你吃饭。"

拿面包给它，它不要，咬我的裤管。我心中好奇，任它拽着，它快步走在前头，只要我慢下来，它立刻过来咬裤管。

绕过修车铺，小巷子钻了一百多米，两间老房子夹着的缝隙堆着几块红砖。它坐在砖堆前，望着我，尾巴不停地摇。

我凑近砖堆，里头几个毛茸茸的小脑袋哼唧着探出头，挤来挤去，居然是三只小奶狗，眼睛尚未睁开，鼻子在空气中嗅动，可能闻到母狗的味道，嗷嗷嗷叫。

我扭头，黑狗贴到我脚边，舔我的手心。

我说："你当妈妈了呀。"它生孩子了，带我来看看孩子们，它呜咽着，闭眼亲热地蹭我。

我眼睛酸酸的，买的面包全放进砖堆，泡面桶里倒满水，搁旁边。

我摸着黑狗的脑袋，说："等我好一点，就收留你们全家。"

3

陈岩的昆明演唱会那天，我赶到医院，小聚定在次日凌晨手术。我在电器商城买了个二手平板，要和小聚一起看演唱会直播。

再次见到小聚，我几乎没撑住。小女孩已经不戴假发了，才过几天又瘦了许多，鼻子插着吸氧管，原本的圆脸窄了一圈，颊骨突出，眉毛也几乎掉光。

她妈妈说，之所以急着动手术，就是因为前一阵癌细胞扩散太快。她溜走偷偷上我车的时候，医院的检查报告刚出来。一回南京，就做了最后一期化疗，反应比以前剧烈太多，每天都会昏迷。

小聚睁眼看到我，惊喜地撑起身子，说："叔叔，你写完歌啦？"

我点头说道："是啊，你老实躺着，我来跟你看演唱会直播，但是不能给你吃东西。"

小聚说："叔叔，你放心，我什么东西也吃不下，我就想听听你写的歌。"她小手拍拍床边，"我坐不起来，叔叔你也躺着，我们头靠头看好不好？"

我倚着一点床沿，打开平板，用手刮刮小聚的鼻子，她咯咯笑。我说："那么，演出开始了。"

拨通青青的视频，她望见小聚的模样，眼圈一下红了，强忍着跟她打招呼。小聚说："青青姐，你有没有找到新男朋友？"青青扑哧笑了，说："啥啊，小孩子都关心些啥啊，演出快开始了，我给你们留了最佳位置。"

体育馆爆满，座无虚席，通道里都挤满人。青青从看台最上方走下去，让我和小聚看到震撼的视角，一路是人，黑压压的人，原来绚丽的灯牌挥舞起来，会像银河一样流淌。青青一直走到舞台最前一排，停在正中间。

小聚嘴巴张成鸭蛋形。“叔叔，陈岩姐姐太厉害了吧。”

我刚要说话，小聚激动地挥手。“嘘嘘嘘，灯灭了灯灭了。”

全场灯暗，大屏亮起，冰山嵌于天空，深蓝的洋流一望无际，碎冰在水面缓缓漂浮，五个字浮现：天堂旅行团。

陈岩的声音响起：“这首歌是我朋友写的，叫《天堂旅行团》。他会亲自告诉大家，写这首歌的原因，因为他对这个世界，有话要说。”

大屏渐黑，渐亮，一片雪白，显现了我的面孔。

小聚的眼睛猛地瞪大，小手指着平板，看看我看看屏幕，啊啊啊地说不出话，无法表达她的震惊。我摸摸她的脑袋，她就这么张着嘴，目不转睛地盯着直播。

演唱会现场的观众大概也想不到，会见到一个完全不认识的普通人，顿时鸦雀无声。

大屏里的宋一鲤，风尘仆仆，头发凌乱，表情平静。

“大家好，就不自我介绍了，名字你们没听说过，以后也不会记得，我只是想讲一个故事，关于一个要自杀的人的故事。对，是我。

“我的失败，可能并没有什么特别。父母离异，母亲拉扯我长大，读书，毕业，结婚，工作，每件事尽心尽力，但是我老婆跑了，抛弃我了。

“你们也许会笑，这算啥，离婚呗，这年头这种事司空见惯，有必要自杀吗？为人在世，痛苦万千，这怎么都排不上号。除开生老病死，哪样悲伤不可消弭，哪种心碎无法忘怀。但我的人生，本就是一口井，井壁高耸，幽暗狭窄，她的离开，给井口盖上了盖。

“我母亲日夜操劳，五十多岁脑梗。我还在自责的时候，她为了让儿子儿媳妇能够拥有未来，跳楼了，留下一份价值三十万的人寿保险。

“母亲抢救回来了，全身瘫痪，我无法忍受这种煎熬。为什么我活下去，需要母亲付出这样的代价。除了死，我根本找不到出路。

“如果是你，你还能活下去吗？”

现场一片寂静，人们望着大屏中失败的男人，也许都在想，遇到什么样的灾难，才会选择自我了断。

“世界对普通人太残酷，稍微有点闪失，或许万劫不复。什么是希望？看不到的。然而我自杀那天，天使出现了。

“她叫小聚，七岁的小女孩，住院一年。她的愿望，就是看一场演唱会。我想自己既然快死了，不如帮一帮她。于是我们踏上了漫长的旅途，从南京开车来昆明。我做梦也没想到，这趟旅途不是我帮她，是她拯救了我。我的生活不会因此改变，但她送给我一样东西。

“活下去的勇气。

“我们一路遇到很多人，很多事，有爱而不得，有得而复失，有生不如死，有死里逃生。他们共同的信念，是用力活下去。

“命运不停地从你身边取走一些，甚至你觉得是全部，你舍不得，放不下，扛不住，可是不活下去，你就无法发现，命运归还给你的是什么。

“所有人都自私，所有人都牺牲，艰难的生活无止境，因此生存也无止境。

“人为什么要活下去？

“因为人不是只为自己活着的。

“小聚明天就要动手术了，她一定很害怕。

“我希望她有机会长大，上学，工作，挣到第一份工资，那时候我应该能回答她的问题，关于爱情的烦恼，关于人生的困惑。我希望她有机会交到自己的朋友，去旅行，去欢笑，去烦恼，和我们一样，去经历那些必须经历的，那些人世间永不断绝的快乐和悲伤。我希望她能活着，和普通人一样活着，活成一个普通人……

“小聚，很高兴认识你，那么，你能给叔叔一个机会，看着你长大吗？

“小聚，加油，叔叔等你，我们都在等你。”

4

陈岩仰头，追光打上去，眼角滴落一颗水晶。才三天时间，来不及编曲，所以旋律简单，吉他和钢琴反复同样的和弦，鼓点敲击，扣着心跳的节奏。

陈岩几乎是清唱的。

她开口的瞬间，清透的声音回荡在万千人的上空。

她知道我想说什么，她是悲伤的，她也有离去的亲人，她也有热爱的孩子，她也有每一秒都记得如何熬过去的黑夜。

天堂如有人高高在上

你再低头看看

他们真的生病

像凌晨六点就灭的街灯

下落不明丢了光芒

天堂如有人高高在上

你再低头看看

悲伤有迹可循

谁都捂住嘴无法声张

毕竟他人有他人的忙

父亲消失

后来我看到他下葬

母亲坠落

她是为我无法动弹

我想举手投降

我想客死他乡

问题太多

那我去一次天堂

问题太多

那我去一次天堂

仿佛我还能活下去一样

回来的时候你要在场

女儿啊，别哭

遇见你

就像跋山涉水遇见一轮月亮

以后天黑心伤

就问那天借一点月光

女儿啊，别哭

回来的时候你要在场

问题太多

那我去一次天堂

约好谁都不要死在路上

回来的时候你要在场

女儿啊，别哭

记得吗

你的纸船托起我的一座高山

不怕一念之差

有你在就是来日方长

女儿啊，别哭

回来的时候你要在场

天堂没有旅行团

我在世界尽头张望

等你回来

全人类睡得正香

月光干净

落在手上

叫你的名字我心会一颤

余生相聚

永不离散

因为小聚，我写完了这首歌。

我不在乎多少人在唱，不在乎多少灯牌在亮。陈岩说错了，我其实不会写歌，以后也不会再写，就让她永远当饭馆的老板吧。

大概，这是我唯一能够写完的歌了。

因为这首歌，是我写给小聚的。

5

小聚的手机叮叮叮叮地响起，人们发送着信息给她，来自青青，来自田美花，来自无能小鬼，来自蹦跶阎罗，来自陈岩，来自护士……

大家说着同一句话："小聚，加油，我们等你。"

拿着平板的小女孩哭成泪人，我俯下身，轻轻抱住小小的身躯，恍如抱住自己的女儿。我说："小聚不哭，再哭护士姐姐就要来找我麻烦了，你要养足精神，明天你就是个非常厉害的小超人，什么手术都会成功。"

可是护士没有阻拦，她是不是觉得希望不大，不如让小女孩今夜有些安慰，我心沉到谷底。值班医生过来，拍拍我肩膀，说："小聚得早点睡，用最好的状态迎接明天的手术。"

小聚说："叔叔，等明天手术结束了，你能教我唱这首歌吗？"

我点头。

小聚说："我听医生的话，我很困，马上就睡觉。"

小聚妈妈轻柔地握住她的手，替她掖好被子。

那张蜡黄的小脸，绽开笑容，她努力睁大眼睛，眼睛里全是留恋，她抬起一只手，轻微挥动，对我说：“叔叔明天见。”

在小女孩眼泪落下的时候，我也哭了，但是不敢让她发现，用尽全力克制住喉咙，带着笑意说：“小聚明天见。”

6

小聚妈妈陪她睡觉，我坐在医院草坪的长椅上，今夜不走了，就离小聚近一点，陪陪她，等到天亮，送她进手术室。

靠着椅背仰头，路灯明亮，一排延伸出去。头顶那盏忽闪几下，灭了。我问它：“你怎么啦，要不要找人修？”

路灯说：“月亮出来了，我喜欢它，但它不会喜欢我，所以不想让它看见我。”

我说：“你是为它灭的，那你有没有想过，你是为谁亮的？”

树叶哗啦啦作响，地面影子摇动，我想：“如果可以，那就他妈的都活下去啊。”

天堂没有旅行团，

我在世界尽头张望，

等你回来，

全人类睡得正香……

第十五章 余小聚

我叫余小聚，七岁，本来应该上小学，可我生病了。

一次我痛得浑身冒汗，差点昏过去，哭着问妈妈，为什么生病的是我。妈妈抱着我，不知从哪里翻来个说法，她说，每个生病的孩子都是上天选中的勇士，当他们打败病魔后，能获得非常棒的奖励。

我不知道是不是真的，也不要什么奖励，但我不想看妈妈哭，所以我假装相信了。

妈妈很不容易呀，去菜市场卖菜，搬货为了省时间，塑料筐在背上堆得很高，比她人都高。我连一个塑料筐都搬不动，蔬菜为了保鲜，喷完水很重的。

我只能收摊后帮她捡菜叶子，太蔫的丢掉，好点的收起来自己吃。

捡啊捡，我睡着了，醒来发现趴在妈妈背上，她弯着腰，一只手扶我，一只手捡菜。

生病住院了，我乖乖吃药，锻炼身体，可还是痛，一次比一次痛，忽然有一天，我好多了，感觉能吃整碗饭，我高兴地告诉护士姐姐，她却笑得很难看。

第二天妈妈带着我去了趟监狱，探望坐牢的爸爸。爸爸哭啦，还说对不起我。

没什么对不起的，大家都说爸爸不是好人，坐牢应该的，但妈妈总要有人照顾吧，我长大了保护她。

住院一年啊，太辛苦。其实妈妈和护士姐姐不知道，我偷听过医生讲话。医生说，时间不多了，抓紧手术，如果孩子想做点什么，就让她做，别留遗憾。

我懂了，原来我快死了。

那我听医生的话，想做什么，抓紧时间去做。

跟叔叔走的那几天，认识新朋友，见到漂亮的风景，如果叔叔不是那么难过，我们会更开心。我第一次露营，第一次打坏人，第一次听课，妈妈带我回来，还第一次坐了飞机。原来云朵那么洁白柔软，它们飞过窗户，我就住到了云朵里。

回来后，医生不准我吃东西，连面条白粥都不行，他们给我挂上水，光是手术准备就好几天。

医生要我打药水做造影，我的左手天天扎针，肿得找不到血管，护士姐姐想办法，在我右手胳膊肘那儿拍啊拍，找到一根青色的血管，放上留置针。

妈妈出奇地高兴，说这预示着一切顺利。

片子出来后，来了好多医生，他们经常来看我，然后去办公室开会。

妈妈又担忧起来，晚上陪床时不时惊醒，醒来就呆呆看着我。

我希望早点手术。

手术那天，护士姐姐把我全身擦干净，擦得我痒痒的，然后在我脸上盖了个章，是粉红爱心的图案。

她说每个勇敢的小朋友都会有这个印章。

叔叔给我打电话，病房只允许一个人陪护，他没法进来。

他请护士把小小聚给我送来，让我不要害怕，小小聚和他都会陪着我。

还有胖墩，幼儿园跟我一个班，我们那时约好，上了小学要做同桌，结果他上一年级，我还待在医院。

手术那天大清早，有人喊："小聚！小聚！"我很惊奇，护士姐姐告诉我，胖墩竟然把全班同学都叫来了，他们看见我出现，又蹦又跳，使劲朝我挥手。

胖墩把手放在嘴边冲我喊："我们全班合影，就差你一个！"

可惜我不能下去。

胖墩喊："没关系啊小聚，你站窗户那儿，我们排队站你下头，一样可以拍合影啦！"

护士姐姐扶着我，我在窗户里头，胖墩和小朋友在窗户下面，正对面草坪上的老师一按手机，咔嚓，拍了张合影。

我好开心呀。

我真的太开心了，被护工转运到手术室时，完全忘记了害怕，今天我不痛，有人陪，像过节般热闹。

护士姐姐把小小聚放在手术室门口，说等我一出来就可以看到。

医生们七手八脚在我身上贴着片片，护士姐姐陪我聊天，说："小聚你现在最想干什么？"

我突然哭了，我怕自己死了，我怕见不到妈妈和叔叔，所有人都不懂，余小聚喜欢笑，但余小聚怕死。

护士姐姐帮我擦眼泪，说："小聚不怕，睡一觉就好了。"

好的，我不怕。

医生给我打麻醉针，我轻轻唱着歌，我只学会了几句，还不连贯，只能翻来覆去唱，因为我知道，叔叔一定在别的地方，跟我一块唱呢。

唱着歌，我就不会害怕。

天堂如有人高高在上，你再低头看看……

天堂没有旅行团，我在世界尽头张望，等你回来，全人类睡得正香……

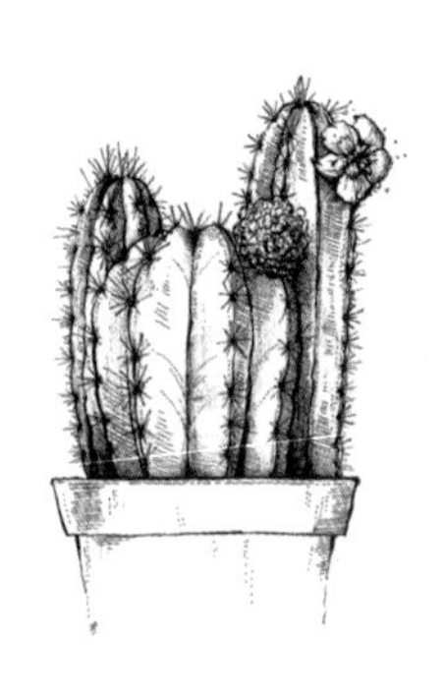

人世间悲欢离合，

天与地沉默不语。

第十六章 世界的尽头

1

地球最南端的城市，海岸边延伸出一条细长的道路，尽头连着座孤零零的小岛。灯塔在岛边缘矗立，身后海洋无边无际，世界到此为止。

转机三次，飞了两天一夜，路费昂贵，但我答应小聚了。问陈岩借了点钱，反正饭馆有盈利，慢慢扣吧。

我小心地从怀里掏出仙人掌，揭开包裹它的泡沫，把它放在灯塔下。

小聚，这里就是世界尽头，我们到了。

海水随洋流汹涌，被夕阳的余焰喷涂成绚烂的流瀑，奔涌着去往终点，再消散了回到原处。

这就是世上所有的一切，无论生命还是爱情，都不是永恒的。周而复始，你来我往。

存在的意义，不在于多久，而在于如何存在。

2

这三年，母亲情况稳定，每顿能吃满满二两半的饭。流浪狗起名祥子，精壮骁勇，做完绝育后发胖不少。祥子的小孩被饭馆客人领回家，在南京各地撒娇卖萌。

我认识了个善良美丽的女孩子，她说："我知道你受过伤，害怕黑暗，我会陪着你的。你哭的时候，我想帮你擦掉眼泪，你不要怀疑，请你踏实地生活下去，因为我永远不会离开。我可能会撒娇，会闹脾气，你哄下我，我很快就会好的，不要丢下我不管。你的心在我这里，我会拼了命地保护它。那么，我把心交给你，它很脆弱，你也可以保管好它吗？"

她牵着我的手，走过燕子巷，指着墙头一株淡黄，笑嘻嘻地说："你知道吗，这世界不停开花，我想放进你心里一朵。"

女朋友在我家过新年，她是赤峰人，执意要包饺子。看她满手满脸的面粉，傻乎乎的，我摸摸她的头，琢磨要做一份特别的食物。

查了许久，咨询过同行，怎么把一枚煮鸡蛋变成天空。

1月3日的入夜时分，原来真的有天空蛋。

洗净一把白芸豆，泡发去皮，蒸熟后捣成糊状。洁白细腻的豆泥垫到蛋壳底部，铺成海边阳光下的沙滩。用几朵湛蓝的小花，煮出晴天的颜色，混合糖水寒天粉倒进去，趁它将凝未凝，在上面放片片奶油蛋白做的云。

等它从冰箱出来，剥开蛋壳，晶莹剔透，蓝穹白云，一枚小小的天空蛋。

我给看电视的妈妈盖上毯子，将天空蛋细致包好，搁进兜里，拎起蛋糕，对女朋友说出去一下。

她从厨房探出头，脸上粘着面粉，说："我知道你想一个人去，没事，好好陪她，我跟妈妈等你。"

面包车停在巷尾空地，修修补补，估计明年就得报废。我给它换了音响系统，放歌时，方向盘不再会跟着振动。

仙人掌摆在仪表台，盆底贴了双面胶。

它开过两次花，鹅黄色鸡蛋大的花朵顶在脑袋上，结出椭圆的小果子。把果子埋到窗台的花盆里，陆陆续续长出几颗白色毛茸茸的小球。

面包车开到巷口，轮胎弹了一下，方向盘没握稳，砰的一声，撞到了电线杆。我惊魂未定，晃晃脑袋冷静冷静，幸亏开得慢，没啥磕碰。

下车检查，掉了点漆，轻微凹陷。

回到驾驶座，重新启动，发动机也正常。我松了口气，余光却看到副驾座位下方，有个白色的瓶子在滚动。

原本不知藏在哪个角落，估计车子一撞，掉出来了。

我弯腰捡起白色塑料瓶子，有些眼熟。打开灯仔细看，白底蓝字，三唑仑片，使用量 0.25 ~ 0.5mg，有效期至 2021 年 6 月 27 日。

我的脑子里轰的一下，震得空白一片，耳朵嗡嗡作响，一些三年前丢失的片段，一点点浮现。

三年前的城南医院，我拎着一塑料袋啤酒，喝醉了，长椅上摆着瓶安眠药，三唑仑片，打算灌醉自己然后终结人生。

草地上啤酒罐四处滚动，我边喝边哭，打电话给妈妈，却忘记妈妈早就已经销号，听筒不停地播放“您拨打的号码是空号”。

我自言自语：“吃了这瓶药，我就死了，再也不会痛苦了……”

我反复嘟囔着这句话，在为自己积攒勇气。

喝完最后一罐啤酒，我嘟囔着：“妈，都怪我，是我把你害成这样的。林艺，你自己好好的，嘿嘿，我就不离婚。你们都不要我了，就剩我一个人，不行，我撑不住。我一直都努力啊，这次真不行了。妈妈，我走以后，他们会照顾好你，儿子不孝，对不起……”

我从长椅上摸到瓶子，浑浑噩噩地打开，一口全部倒进嘴里，用啤酒灌了下去。

奇怪，怎么甜甜的，真好吃，难道老天最后想让我尝点甜头吗……

这是我最后的意识。

是小聚啊，她不是喜欢晚上溜出来练空手道吗，一定是偷偷跟着我的。小女孩轻手轻脚，从包里翻出一瓶软糖，悄悄换掉了长椅上的安眠药。

所以我活了下来。

所以她早就知道，我想自杀。

湖边我踩下油门。“叔叔，你要去哪里啊？”后排传来脆脆的童声，我惊愕地回头，一个齐刘海小女孩从后座冒了出来，大得出奇的眼睛，傻了巴叽地瞪着我。

车上青青问她不同颜色的药盒是什么，她摸到一个白色瓶子，似乎记不清楚，原来是她偷换的安眠药，然后把它藏进了靠背的破洞里。

暴雨中，小女孩伸着手求我，奋力地睁大眼睛。“我是活不了多久，我就拿剩下的几天，跟你换还不行吗！等我死了，你还可以活很久很久，你答应我，就几天，好不好？”

她说她想妈妈了，我说明天回南京。她说：“不行，不能回去，我的事情还没办完，我得坚持。”

我嫌她烦，赶她走，可她所有的耍赖都是为了留下我。

她不停地问着：“叔叔，你会好好活下去吧？”

她不停地确定：“叔叔，你可不能离开我乱跑。”

我这才明白，小女孩早就知道我要自杀，一直在拦着我。

我坐在车里，攥着一瓶安眠药，哭得像个傻子，心裂成了一片一片。本就从未忘却的记忆，汹涌扑面，一刀一刀切碎我。

城南夜空漫天大雪，古老的街道黑白相间，掩埋了车迹和脚印。人世间悲欢离合，天与地沉默不语。

三年前，小聚推进手术室不到一个小时，手术室门打开，医生举着染血的手，跟小聚妈妈说，术中发现肿瘤扩散超过预期，有个核磁没照到的地方位置不好，无法摘除。这意味着即使摘掉大的，肿瘤还会生长。

医生催小聚妈妈做决定，是关颅停止，还是继续切除。

小聚妈妈空白几秒，就说切，表现得十分冷静，没有耽误手术时间。

医生返回后，她木木地问旁边人："我会不会害死我女儿？"

其他人赶忙安慰，说："不会的不会的，老天有眼，小聚会出现奇迹。"

小聚妈妈仿佛没听到一样，捶着胸口问自己："我会不会害死我女儿？"

手术持续七个小时，医生们已经做了所有能做的，小聚就是醒不过来。

小聚妈妈无法支撑身体，靠着手术室的门，蜷缩着双手合十，不停地喃喃祈祷。

麻醉散后，到深夜，小聚终于醒了。

护士说，小聚是唱着歌睡过去的，可她醒来，无力得睁不开眼睛。

小聚妈妈拿棉签蘸湿，一遍遍给她擦干裂的嘴唇，轻轻地抱着她入睡，可是在即将眯过去时，监护仪疯狂报警，小聚的血氧血压迅速下降。

楼层所有医生护士都跑了过来，轮流给小聚做心脏按压，小小胸膛，被猛力地按下去，一下，又一下。

这该多疼啊，小聚妈妈看女儿的脸蛋煞白，她揪住衣领，无声喊着，别按了，她疼，小聚疼，别按了。

可她喊出的却是救命，医生，救命啊，救救她，她才七岁。

体征勉强稳住，小聚妈妈贴着女儿的脸，听到还有呼吸，这才掉下泪来。

值班医生怀疑颅内出血，想要再次手术，可怕孩子承受不住，他们激烈讨论时，小聚的鼻子缓缓爬出暗色的血液。

大家反应过来时，血液已经变成鲜红，喷涌着溅上妈妈的脸。

小聚妈妈伸手去堵，被护士医生拉开，她眼睁睁看着女儿昏迷，被送进抢救室。

她不再祈祷了，也没人陪她，她就跪在抢救室外，一遍遍说，小聚，对不起。

妈妈对不起你，没有给你好的身体，你这么乖，却吃这么多苦。对不起，妈妈把你生下来，你是个好孩子，不应该找我做妈妈。妈妈想把命送给你，只要你好起来，妈妈什么都愿意做。

幸好这次结果是好的，刚刚的惊险只是喷出淤血，手术总体顺利。

可这之后，小聚时不时陷入昏迷，她的喉头和鼻腔常常被黏液堵住，喘不上气，需要人紧盯着做抽吸。

就算醒来，她也迷迷糊糊，张开嘴想说什么，却发不出声。小聚妈妈问："宝宝，要喝水吗？是哪里痒吗？要不要翻身？"

小聚看到是妈妈，就笑一笑，小手举起，比个心。

小聚妈妈要用很大的力气，控制自己不在女儿面前哭出来，她要比以前所有加起来都坚强。

偶尔小聚稍微舒服一点，让妈妈挖苹果泥给她吃，吃下去一勺，吐出来时夹杂着胆汁反而更多，但小聚坚持要。

"妈妈，我还要吃。"

小聚妈妈不敢给，她就笑嘻嘻地撒娇说："妈妈我爱你，世界上我最爱你了。”

几天后，她吃不下去了，静静地躺着，眼眶深凹，像具骨架。护士忍不住，每次帮她擦洗完都要哭，小聚妈妈不哭，她轻轻抱起女儿，调整成最舒服的姿势。

小聚眨眨眼睛，眼泪滑下来。

11 月 14 号，小聚癌痛暴发，她呼号着从床上滚下来，嗓子里发出风箱般的粗喘。

“妈妈，我好痛，妈妈，好痛啊！”

小聚妈妈毫无办法，她按着小聚的手脚，防止她伤害自己，她也好痛啊，痛到万箭穿心，她一遍遍安慰：“宝宝，快好了，很快就不痛了，宝宝是世界上最勇敢的孩子，妈妈给宝宝揉揉。”

11 月 22 号，小聚整天都没有醒来。

11 月 23 号，小聚妈妈趴在床边，隐约听到动静，抬头发现小聚艰难地靠近了她，把脸跟她贴到一起。

六天后，11 月 29 号，昏迷不醒的小聚躺在病床上，突然挣扎了下。医生摘掉鼻饲管，叹口气，说：“靠近点，她想说话。”

小聚妈妈意识到什么，却不相信是真的，她亲吻着女儿，贴着她的脸。

小聚微微睁开眼睛，小手轻轻挥了挥，声音很低很低地说："妈妈再见……"

这是小聚说的最后一句话。

小聚妈妈张着嘴，无声地号啕，伸出手无意识地想抓住什么，然后昏了过去。

这所有发生的画面，我几乎都在旁边。在我明白生命的价值之后，撕心裂肺地望着小女孩的逝去。

没有机会的人试图抓住每一缕风。

残留机会的人却想靠一瓶药离开。

我是个爱哭鬼，可是以前流过的眼泪加起来都没有这一年的 11 月多。我逼着自己看清楚，人若在世间只剩数日，那些痛苦分分秒秒叠加的重量，如何把心压碎。

我逼着自己陪着小聚，无能为力，连分担也无能为力，用泪眼迷蒙的双眼，使劲记住这张小小的面孔。

就是她啊，病床熬不住痛的七岁小女孩，在世界的尽头，对着一个孤独坠湖的人说：把手给我。

在我明白什么叫作舍不得的时候，天使恋恋不舍地离开了人间。

3

2021 年 1 月 3 日，小聚的十岁生日。

静谧的墓园，夜幕中没有人影，鹅毛大雪翻飞，墓碑洁白，柏树洁白。抬头见苍穹深邃，深处生出一点点的白，飘飘忽忽，布满视野，落地无声。

我站在一座墓碑前，放下蛋糕。

剥开蛋壳，将一枚小小的天空放在碑上。

生日快乐，小聚。

石碑上的照片，女孩定格在七岁，眼含星辰，笑得天真，飞雪温柔地滑过她的面庞。

照片下方，刻着“爱女余小聚之墓。”

最底部，一行小字。

我来过，我很乖。

Always Have

Always Will

尾声一

1 月 29 日，古城墙产业园，举办一场户外婚礼。地上铺满落叶，数十张餐桌错落有致，摆着各式蛋糕甜点，红酒可乐苏打水，任随客人自取。

白色地毯从拱门一直铺到香槟塔，香槟塔后千万朵鲜花，大屏轮番播放好几套结婚照。

宾客众多，正午依次到来，新郎新娘在拱门下迎接。人们欢声笑语，新娘妆容精致，小腹凸起，拎着及地长裙，宾客夸张地握住她的手，说："奉子成婚啊，双喜临门了！"

新娘笑笑，也不扭捏，爽快地伸出手，跟宾客合影。

宾客陆续入座，司仪宣布婚礼开始，动人情歌中，新郎新娘相识的点点滴滴剪成短片，出现在大屏。

摄影师不失时机把镜头对准新人父母，他们笑着拭泪。

背景音乐放起“You Are My Sunshine”，两个小蜜蜂打扮的孩子拿着结婚戒指上台，短手短脚的可爱样子让新娘笑着捂嘴。

司仪宣布：“接下来，这对深爱彼此的新人，将说出他们一生的誓言。”

全场鸦雀无声，新郎从孩子手中拿过丝绒盒，与美丽的新娘笑盈盈相对。

司仪问新郎：“从今天起，无论贫穷还是富贵，无论顺境还是逆境，无论健康还是疾病，你都将爱她，尊重她，守护她，不离开她，任何事都无法将你们分离。那么，刘双加，你愿意娶林艺为妻吗？”

长长的誓言中，新娘突然恍惚了。新郎还未回答，新娘的脑海中炸起一声坚定的回答，轰隆隆的，仿佛从遥远的时空传来。

我愿意！

新娘蓦然回头，头纱扬起，带飞明媚的阳光，她望向拱门，时间仿佛静止，林艺精致的面容毫无瑕疵，那张曾让人魂牵梦绕的面孔，睁大完美的眼睛，一帧一帧环顾广场，所有宾客端坐，没有其他身影。

那一声回答并不来自新郎，也没发生在现场，只是她记忆中埋藏许久的声音，在她脑海升起，其他人根本听不见。

“我愿意。”

“小艺？”新郎焦急地唤她，“你怎么了？我愿意我愿意，到你说了。”

司仪再次重复，最后一句问：“那么，林艺，你愿意嫁给刘双加为妻吗？”

新娘对新郎露出幸福的笑容，双手环抱住他，将脸搁在他肩膀上，闭上眼睛，泪水滑落，甜蜜地回答：“小傻子，我也愿意。”

尾声二

编号 0622 直播间，往期资料最顶端的视频，画面有些摇晃，是小聚举着自拍的。她插着呼吸管，冲镜头微笑，声音虚弱。

“大家好呀，这可能是我最后一次直播啦。马上要去做手术，要是病没治好，我能拜托粉丝们两件事吗？

“第一，请大家继续支持叔叔，虽然他傻乎乎的，但太穷了，我也想不出怎么帮他赚钱，算了，人各有命，随他吧。第二呢，如果大家有空，去看看美花姐姐的学校吧，那里的小朋友缺文具和吃的，你们能带上一些吗？美花姐，青青姐，陈岩姐姐，如果你们看到，小聚要跟你们说再见啦，你们一定要好好的，越来越好！

“对了，接下来的话，我只说给叔叔一个人听，你们关掉，不要偷听哦！”

她左右看看，确定没人，凑到镜头前小声说：“叔叔，你在吗？”

我在。

“叔叔，其实我看到你要自杀的时候，挺瞧不起你的。你都老大不小了，还是个男人，也太软弱了吧？正好有人送了我一张门票，我就骗你说要去看演唱会，我还担心自己演得不像，没想到你直接同意了。唉，有时候我真发愁，你这么没用可怎么办啊？能照顾好自己吗？”

能。

“叔叔，我真的想出去走走，但更想，更想让你活下去。”

我知道。

“叔叔，你能答应我一件事吗？”

我答应。

小聚泪光闪烁地说：“不管什么，你肯定会点头的对吧？其实不是什么大事啦，叔叔，你是个很好很好的人，我跟你在一起特别开心，我就想……我……我能叫你一声……爸爸吗？”

好的，我的女儿。

全文完

Always Have

Always Will

后 记 我们

从未想过，经历那么多离开和告别，还会有更漫长的夜晚等着我。

从未想过，会在如此绝望的情绪中，写完一本书。

写几句就焦躁不安，手抖，抽搐，脑子里有把刀翻来滚去，心脏生疼，胸闷，动不动躲到角落哽咽。

吃两片药，睁眼到天亮。早上七八点睡，醒来中午十一点，只能睡着三个小时，躺在那里沮丧又孤单。

午后晒太阳，朋友在对面打电话，打完坐我旁边，认真地说："你要去看医生，你的眼神不对，空得吓人。"

我没有去。我书还没有写完。

2021 年 6 月 16 日，全文收尾，付梓，校对，出版社忙着查漏补缺，装帧设计。而我突然坠入一个始料未及的深渊中。

2021 年 6 月 27 日 13 点 27 分，家里只有梅茜在，我拿着手机刷到一条视频，有个中年男子被送入 ICU，家人分成两派，一派要求抢救，一派要求放弃，视频还没播完，我的右手开始不受控制地上下晃动，幅度很大，几乎拿不住手机。

我换到左手，拨通了同事的电话，说："我好像出事了，快叫救护车。"

电话打完，从小腹排山倒海卷上来一股麻木，感觉像水泥从脖子往下灌到胸口，只有心脏跳得异乎寻常，激烈又疼痛。

我继续努力拨通同事电话，问救护车什么时候到。

那时候意识开始有些模糊，从未有过如此强烈的恐惧，我知道自己要死了。以前预激综合征也呼叫过救护车，心率每分钟飙到两百多，胸腔难受到要裂开，也没有恐惧。

但这次我真的害怕，空洞的房间视野里左右摇晃，梅茜趴在我的脚边呜咽，我知道自己要死了。平躺下来，大口呼吸，打开手机语音备忘录，想录一点东西。

想录，爸爸妈妈，对不起。想录，朋友们，我走了，有空想想我。想录，喂，好久不见，以后也见不到了，我爱你的，我没有骗你。

手机砸到地毯上，捡起来，门铃响了，我一步一步挪到墙边，按了开关，同事脸色煞白地出现。后来才听说，他手机必须和120保持通话，所以没法打车，一路从家狂奔过来的。

五分钟后，救护车到，护士出现，装心感贴片，量血压，说："没事，放下心，我们在。"

医生检查后说，心脏没问题，可以排除心梗。双心科就诊，一切项目检查完毕，医生说，是焦虑症、抑郁症、惊恐症三症并发。药物就是常规的草酸艾司西酞普兰，劳拉西泮，阿普唑仑，氯硝西泮。

我不明白自己做错了什么，接下来开始地狱行走的日子。

焦虑症发作的时候，感觉浑身有蚂蚁在爬，砸墙，捏着拳头敲自己的脑袋。抑郁症发作的时候，满脑子幻觉，哭，发抖。惊恐症发作的时候，就是体验一次猝死的经过，手脚麻痹，撕裂，窒息，恐惧中深坠湖水。

每天中午只能喝下半碗汤，心里在喊，救救我，谁能救救我，然后眼泪掉到碗里。

焦虑症和抑郁症我都不怕，忍一忍。惊恐症真的令人崩溃，发作一次，便感受一次濒死的过程。我不懂，为了谁要接受这样的煎熬。从那天开始，我记录了每次濒死感受的时间。

2021 年 6 月 28 日 21 点 45 分。

2021 年 6 月 30 日 14 点 11 分。

2021 年 7 月 1 日 3 点 33 分。

2021 年 7 月 1 日 22 点 01 分。

2021 年 7 月 2 日 14 点 35 分。

2021 年 7 月 2 日 21 点 24 分。

2021 年 7 月 3 日 20 点 45 分。

2021 年 7 月 8 日 4 点 41 分。

2021 年 7 月 8 日 21 点 52 分。

2021 年 7 月 11 日 2 点 50 分。

2021 年 7 月 12 日 5 点 58 分。

2021 年 7 月 13 日 12 点 32 分。

还未结束，我的药瓶还未吃空。

2021 年 7 月 20 日，医生把我的药换成了赛乐特，思瑞康，劳拉西泮和奥沙西泮。除了每天昏睡十几个小时之外，情绪逐渐无法控制。

把这些说给读者听，只是想告诉大家，我现在不好，但是会好的。

哪怕或许有人借此调侃与嘲讽，我依然写下来了。因为这是真的，是我真的生活，也是这本书的一部分。

我希望有月亮从沙发升起，冰箱里有跳动的心，吊灯被狂风卷动，碰倒的牛奶在地板淌成一张笑脸。

我希望烟盒喷出云朵，地板生出大海，窗帘藏着一朵莲花，水杯自由演奏，纸盒内叠好的衣服飞回壁挂。

这场雨，曾经下过的。

这片云，曾经来过的。

这个人，曾经在过的。

希望从来没有让你哭过。

希望外婆多在我梦中出现。

希望父亲病情稳定，不要走丢。

希望母亲不要流泪，我在的。

谢谢你能读完这部小说，谢谢你能读完我最后的喃喃自语。

写作是我生命的一部分，自《从你的全世界路过》始,《让我留在你身边》《云边有个小卖部》，现在是《天堂旅行团》。

每本书于我意义不同。《从你的全世界路过》写于离婚后，一年的颠沛流离，头发白了，写它是自我救赎。《让我留在你身边》写得断断续续，人世多少眷恋，何妨变成童话。《云边有个小卖部》写于平静期，什么都不想要，抬眼炊烟袅袅。

《天堂旅行团》写于挣扎求生，只有自己听到了那一声“砰”，然后心碎了一片片捡起来。每捡的一片，就是一行字，所以最后会有人说那段话：“你的心在我这里，我会拼了命地保护它。那么，我把心交给你，它很脆弱，你也可以保管好它吗？”

《天堂旅行团》呢，是我最特别的一本书，这里有我生命中所有的病与药。

喜欢我的人，原谅我的无能与脆弱，我尽力了，得与你们同行，是我最大的荣幸。

放弃我的人，不要辜负我的一次次濒死，请坚持你的路，并以此直通幸福。

医生问我：“你有自杀的倾向吗？”

我说：“不，我连一分钟都不愿意少活。”

愿我余生可以淋漓尽致，即使他们说，消灭痛苦最有效的方式，是降低期待，减少敏感。我依然愿意充满渴求，矢志不渝，并认真感受，无一遗漏。

对了，“遇见你，就像跋山涉水遇见一轮月亮，以后天黑心伤，就问那天借一点月光”，这句话，是我原本单独写给一个人的。

现在我把它还给这本书。

我在无边幽闭中，以为时光静止，无数人伸出手，说：“张嘉佳，我拉你一把。”

那么今天起，《天堂旅行团》，希望你能照亮那些在黑夜中走路的人。亲爱的，这世界不停开花，我想放进你心里一朵。

那么，我们下本书再见。

扫一扫

听宋一鲤写给小聚的歌曲

You will always be my favourite,

but that’s the only thing I can do for you.

相别余生无他意，

唯以此赠来与去。

图书在版编目（CIP）数据

天堂旅行团 / 张嘉佳著. -- 长沙：湖南文艺出版社，2021.8（2024.4 重印）
ISBN 978-7-5726-0282-5

Ⅰ. ①天… Ⅱ. ①张… Ⅲ. ①长篇小说—中国—当代 Ⅳ. ① I247.5

中国版本图书馆 CIP 数据核字（2021）第 145296 号

上架建议：畅销・小说

TIANTANG LÜXINGTUAN
天堂旅行团

作　　者：张嘉佳
出 版 人：陈新文
责任编辑：吕苗莉
监　　制：毛闽峰　刘　霁
策划编辑：李　颖
文案编辑：孙　鹤
营销编辑：杜　莎　霍　静　刘　珣
封面设计：利　锐
版式设计：李　洁
书籍插画：恰克飞鸟　Fangpeii　赵悦琪
出　　版：湖南文艺出版社
（长沙市雨花区东二环一段 508 号　邮编：410014）
网　　址：www.hnwy.net
印　　刷：三河市百盛印装有限公司
经　　销：新华书店
开　　本：875mm × 1230mm　1/32
字　　数：157 千字
印　　张：9
版　　次：2021 年 8 月第 1 版
印　　次：2024 年 4 月第 8 次印刷
书　　号：ISBN 978-7-5726-0282-5
定　　价：48.00 元

若有质量问题，请致电质量监督电话：010-59096394
团购电话：010-59320018